Thèmes : - perte des repères
- introspection
- désespoir latent
- solitude
- identité

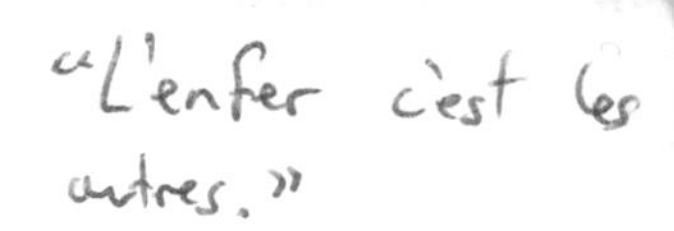

Style : - simplicité
- froideur, distance
- très peu émotif.
- (objectivité ?)

→ pas de doute. C'est le monde concret, certain, prouvé qui devient absurde.

→ l'individu coincé dans un monde qui a toujours raison.

Conditions du fantastiques :

- ancrage réel (lieux publics, discours scientifique
- élément étrange, dérangeant (dérèglement du monde, de la logique)
- malaise du héros (ici transposé sur le lecteur.)

La mauvaise habitude d'être soi

MARTIN PAGE
QUENTIN FAUCOMPRÉ

La mauvaise habitude d'être soi

ÉDITIONS DE L'OLIVIER

www.martin-page.fr

ISBN 978.2.87929.723.1

Le contraire d'un phasme

Raphaël a mal à la tête. Il vient juste de se réveiller, il chancelle à cause de la fatigue et de l'alcool bu cette nuit. Simplement vêtu d'un T-shirt et d'un caleçon, il s'approche de l'entrée. Il a cru entendre du bruit. Sur la table sont dispersés des verres et des bouteilles, mais aussi des particules blanches, des morceaux de papier d'aluminium pliés, une petite cuillère avec des marques de brûlure, plusieurs cartes en plastique – autant d'éléments indiquant que de la drogue a été consommée.

La poignée de la porte bouge. Raphaël s'immobilise. La porte s'ouvre violemment et un homme pénètre dans l'appartement. Il a des gants en plastique et tient une mallette noire à la main. Les deux hommes sont surpris, effrayés de se trouver face à face. Par réflexe, Raphaël recule. Mais l'homme ne semble pas menaçant. Il dit :

– Qu'est-ce que vous faites là ?

Raphaël est décontenancé par cette inversion des rôles. C'est à lui de poser la question.

– J'habite ici.

L'homme sort une carte de la poche de son manteau. C'est une carte de police. Il est lieutenant.

– Pendant un moment j'ai craint de m'être trompé, dit le policier. Cela ne va pas du tout : vous devriez être sur la scène du crime.

Il accroche son imperméable au portemanteau comme s'il était chez lui.

– Quelle scène du crime ? demande Raphaël.

Le policier s'est trompé d'appartement, pense-t-il. Discrètement, il se dirige vers la table du salon : il veut se débarrasser des traces de drogue.

– Oui, dit le lieutenant après avoir feuilleté son bloc, c'est bien ça. Vous devriez être entre le canapé et la table basse.

– Pourquoi voulez-vous que je sois là ?

Le policier le regarde comme s'il se moquait de lui. Il soupire et se passe la main dans les cheveux.

– C'est l'endroit où vous avez été assassiné. Si on commence à mettre la scène du crime en désordre, les gars du labo vont piquer une crise. Ils sont du genre maniaque.

Raphaël ne comprend rien.

– Écoutez, j'ai dû dormir trois heures, j'ai un mal de tête terrible…

Le policier ressort sa carte.

– Je suis lieutenant de police.

– Je n'ai pas appelé la police.

– Évidemment. Une de vos voisines… (Il tourne quelques pages de son bloc) … madame Salka, l'a fait.

– Elle a entendu du bruit et a cru qu'il y avait un cambriolage…

– Elle a assisté à votre assassinat.

Il désigne la fenêtre qui donne sur l'immeuble mitoyen.

– Elle a tout vu par cette fenêtre. Heureusement, les rideaux n'étaient pas tirés.

– Vous voyez bien que je ne suis pas mort, dit Raphaël, alors au revoir.

Il tente de pousser le policier hors de l'appartement. Mais celui-ci résiste et ferme la porte.

– Nous avons arrêté votre assassin. Il s'enfuyait de l'immeuble quand votre voisine l'a assommé en laissant tomber un pot de fleurs sur son crâne. Il a avoué le meurtre au commissariat sans même qu'on ait besoin de le cuisiner. C'était presque décevant. J'adore les interrogatoires : il y a une relation intime qui se noue. On est au plus près de la vérité d'un homme. Là, j'ai eu l'impression d'une éjaculation précoce.

– Tout ça est ridicule, dit Raphaël. Il y a un malentendu.

Il repart vers la table toujours dans l'intention de dissimuler la petite cuillère, les morceaux d'aluminium pliés. Cela le préoccupe plus que ce que raconte le policier.

– Je vais faire un peu de ménage et nous allons discuter tranquillement.

– Nous avons l'arme du crime.

Raphaël oublie la drogue et se tourne vers le lieutenant.

– L'arme du crime ?

Le lieutenant sort un sachet en plastique de sa poche dans lequel est emballé un couteau ensanglanté. La vue du sang donne à Raphaël envie de vomir. Il se précipite vers la fenêtre, l'entrouvre et respire quelques secondes l'air extérieur.

– Ses empreintes digitales sont dessus. Les gars de la police scientifique sont formels. C'est notre homme. Quel est votre groupe sanguin ?

Raphaël referme la fenêtre.

– Écoutez, c'est absurde. Je vous demande de bien vouloir sortir.

– J'ai une commission rogatoire du juge, dit le policier, en tirant un papier de sa poche. Autrement dit, je vous conseille de coopérer, sinon je passe à la manière forte. Pour la dernière fois : quel est votre groupe sanguin ?

– O négatif.

Le lieutenant fait une croix dans son bloc-notes.

– Ça concorde.

– Mais, enfin, vous voyez bien que je suis en parfaite santé.

– Je ne suis pas médecin. Chacun sa spécialité. Je n'apprécierais pas que des médecins interfèrent dans mes enquêtes, alors je n'ai pas l'intention de faire leur boulot.

Raphaël se dirige vers la cuisine.

– J'ai vraiment besoin d'une aspirine et d'un café. Avec un Xanax ça sera parfait.

– Je vous défends d'ingérer quoi que ce soit. Cela changerait la formule chimique de votre sang.

– Vous vous moquez de moi.

C'est la seule explication. Raphaël a mal au crâne, il se sent nauséeux ; il n'a pas la force de réagir. C'est une farce, oui, une farce organisée par des amis. Il s'attend à ce qu'ils surgissent en criant « Surprise ! »

– Ce n'est pas parce que vous êtes une victime que vous pouvez vous permettre de manquer de respect à un représentant de la loi. Que faisiez-vous le mercredi 20 décembre à midi et quart ?

– Vous voulez dire… aujourd'hui ?

– Il y a deux heures à peine.

– Eh bien, j'étais ici.

– Vous ne répondez pas à la question. Je répète : que faisiez-vous ?

– Je dormais. Vous venez de me réveiller en forçant la porte.

– La serrure était bloquée. Le mécanisme a été abîmé. Regardez, il y a des traces d'effraction.

Il se penche vers la porte et désigne les marques.

– Sans doute un cambrioleur dérangé dans son travail, dit Raphaël. Ma voisine a dû le voir et il s'est enfui.

– Votre voisine a vu un homme vous poignarder.

– Madame Salka a un problème d'alcool.

Le lieutenant s'approche de la table du salon et observe les bouteilles et les verres. Il remarque le matériel révélant un usage de drogue. Il pose sa mallette sur une chaise et l'ouvre ; il en tire un sachet en plastique. Raphaël est pétrifié. Le lieutenant met la petite cuillère, les morceaux de papier d'aluminium, les cartes en plastique dans des sachets transparents. Il passe un coton-tige sur la table pour récolter des résidus de drogue.

– La drogue explique votre confusion. Quant à votre voisine, elle a eu droit à un éthylotest et il est négatif. Il faudra trouver autre chose pour remettre en cause son témoignage.

Avec minutie, il emballe bouteilles, verres, cendriers, briquets.

– Qu'est-ce que vous faites ? demande Raphaël.

– Il y a des empreintes digitales sur les objets. Ce sont des indices et des preuves potentiels. Il faut les protéger au cas où un ambulancier, un avocat ou un flic distrait les toucherait. C'est pour ça que je porte des gants.

Il lève les mains en l'air pour bien les montrer.

– Je suis heureux de savoir à quel point les méthodes de la police sont sophistiquées. Mais cette histoire est ridicule. Madame Salka invente. Sa vue est mauvaise. Il n'y a qu'à voir l'épaisseur des verres de ses lunettes.

Maintenant Raphaël pense que tout ce cinéma n'est qu'une tactique pour le conduire à avouer l'identité de son dealer. Que risque-t-il ? Après tout il n'y a rien, juste des particules. Il se sent toujours très mal et se concentre avec difficulté. Il s'assoit dans le canapé et essaye de suivre le raisonnement du policier.

– Nous avons trouvé des jumelles sur la table de la cuisine. Elle assure s'en être servie. Nous avons toutes les raisons de la croire, car, il y a un mois, elle épiait le couple du dessous qui a déposé plainte. Heureusement que la police peut compter sur les détraqués. Sans ça, nombre d'affaires resteraient irrésolues. Quel paradoxe, hein ? Ce sont des pervers qui nous aident à lutter contre le crime. Ils épient et mouchardent. Si elle n'avait pas été là, votre assassin serait libre comme l'air. La pauvre femme est en état de choc. Un psychologue de la « cellule de soutien aux victimes » la reçoit en ce moment, mais elle gardera des séquelles du traumatisme. À son âge, assister à une telle boucherie… Elle va carburer aux antidépresseurs désormais.

– Madame Salka et moi ne nous entendons pas. Je suis trop bruyant d'après elle. Elle menace tout le temps d'appeler la police.

– Étrange. Nous n'avons aucune plainte de sa part vous concernant.

– Bien sûr que non. Elle préfère se lamenter, ça occupe sa retraite.

La table est maintenant couverte d'objets emballés dans des sachets en plastique. On dirait une petite forêt, pense Raphaël.

– Vous n'allez pas m'apprendre mon métier. L'information a été recoupée : nous avons le témoignage de plusieurs habitants de l'immeuble qui ont vu le présumé coupable dans les escaliers et dans le hall, un couteau ensanglanté à la main.

Raphaël va tenter de raisonner l'intrus. C'est absurde, mais il ne sait pas quoi faire d'autre. Il se palpe la poitrine et le ventre.

– Réfléchissez. Je ne suis pas mort, puisque je vous parle.

– Ce sont vos derniers réflexes. Juste des influx nerveux. Comme les canards à qui on coupe la tête.

Pris d'un vertige, Raphaël chancelle. Le policier le soutient.

– Est-ce que je rêve ?

Après une courte absence, Raphaël glisse la main sur ses joues. Il sourit.

– Je le saurais si j'étais mort.

– Je ne suis pas philosophe. Si vous persistez à nier votre assassinat, le juge risque de vous inculper pour faux témoignage. Il arrive un moment où la hargne contestataire devient un trouble à l'ordre public.

– Je milite uniquement pour le bon sens. Il n'y a aucune logique dans cette histoire.

– C'est votre droit de le croire. Nous sommes en France, la liberté d'expression est garantie par la loi. Mais vous ne faites qu'exprimer une opinion, et un raisonnement juridique est fondé sur des preuves, sinon c'est le règne du n'importe quoi. Je vous pose la question : pouvez-vous prouver que vous n'avez pas été assassiné ?

– Je respire, mon cœur bat…

– Tout ça, c'est de la poésie.

Raphaël approche ses lèvres du visage du lieutenant et souffle.

– Vous sentez mon souffle, non ?

Le policier se détourne et fait la grimace.

– Vous avez une haleine épouvantable. Mais c'est le cas de tous les corps quand ils commencent à se décomposer. Processus normal de fermentation des tissus nécrosés.

– Mes tissus ne se nécrosent pas !

– Êtes-vous biologiste ?

– Non, bien sûr que non, je ne suis pas biologiste !

– Eh bien, c'est un brin arrogant d'affirmer que vos tissus ne se nécrosent pas. Votre côté monsieur je-sais-tout est agaçant. Il fait chaud ici. Je vais baisser le thermostat pour ralentir la putréfaction.

Le lieutenant éteint le chauffage. Il remet son imperméable, enroule son écharpe autour de son cou et ajuste son pull. Il ouvre la fenêtre en grand. L'hiver entre dans la pièce. Raphaël frissonne, il croise ses bras et les frotte vigoureusement. Il se réfugie dans le canapé pour se mettre à l'abri du froid.

– J'ai vraiment besoin d'une aspirine, dit-il. S'il vous plaît. Vous avez gagné. Je suis prêt à tout avouer pour la cocaïne. À qui je l'ai achetée. Arrêtez ce jeu… C'est de la torture mentale. Vous avez gagné.

– Que vous consommiez de la drogue ne me regarde pas. C'est votre vie privée. L'usage récréatif de cocaïne est courant dans votre milieu, cela n'a pas plus d'importance que si vous fumiez des cigarettes.

Ce n'était donc pas ça, se dit Raphaël. Mais alors, quoi? Quel est le sens de ce qui se passe ici?

– J'ai l'impression de faire une crise de paranoïa. Ça ne va pas... ça ne va pas du tout... je fais un mauvais trip... oui c'est ça... je fais juste un mauvais trip.

– C'est fort possible. C'est un des effets répertoriés de la cocaïne. Surtout quand elle est mélangée à des alcools forts.

Le policier vient s'asseoir près de Raphaël. Il lui frotte le dos pour le calmer.

– Ça finira par passer.

– Mais que voulez-vous à la fin?

– Rien. C'est vous qui compliquez tout. Le cas était clair avant que vous ne contestiez votre mort. Je vous écoute par charité. Si vous désirez que je considère vos jacassements avec un minimum de sérieux, il me faut une preuve tangible. Quelque chose que le juge acceptera d'examiner sans ricaner. Avez-vous un témoin qui pourrait affirmer que vous n'avez pas été assassiné ce jour à midi et quart?

– Vous me demandez un alibi?

– Oui, c'est le terme technique.

– Mais c'est au suspect, au présumé coupable, que l'on demande un alibi, pas à la victime!

– L'assassin n'a pas besoin d'alibi, il a avoué. Essayez d'être cohérent.

– Je dois trouver quelqu'un qui m'a regardé dormir? C'est ça?

– Un témoin qui pourra corroborer votre version. Si vous n'en avez pas, gardez-vous de mettre la pagaille dans mon enquête. J'ai passé un temps fou à taper mon rapport. J'ai mal au dos et j'ai un début d'arthrose aux doigts. Je ne me plains pas, vous avez souffert davantage, c'est évident, mais je n'ai pas l'intention de tout envoyer à la poubelle et de recommencer sans éléments probants.

– Faites voir ce couteau.

Le policier tend le sachet à Raphaël.

– C'est un de mes couteaux. Comment cet homme a-t-il volé ce couteau chez moi ?

– Je pense qu'il a attrapé la première chose qu'il avait sous la main pour vous poignarder. Donc vous reconnaissez les faits.

Il sort son bloc-notes et écrit.

– Non. Non. Il y a eu vol. Je peux l'admettre, même si je ne l'explique pas.

– Ah, vous commencez à faire des concessions.

– Vous me comprenez mal.

– Le crime l'emporte sur le délit, dit le policier. Mais, si vous y tenez, nous pouvons aussi l'inculper du vol de ce qui allait devenir l'arme du crime. C'est un peu mesquin. Vous m'êtes de moins en moins sympathique.

Raphaël tousse et se prend le visage dans les mains.

– C'est à devenir fou.

– Je suis content que vous le reconnaissiez. Mais n'allez pas trop vite. En temps utile, le juge nommera un psychiatre habilité à mener une expertise. Il vous amènera à regarder la réalité en face. Si vous n'y arrivez pas, si le déni est trop fort en raison de je ne sais quelle névrose ou psychose, vous serez déclaré irresponsable.

– Une victime déclarée mentalement irresponsable ?

– Honnêtement, ça ne change rien, mais si ça vous fait plaisir... Moi, je dois finir ce rapport. (Il lit son bloc.) Donc vous reconnaissez le couteau. Le sang dessus est le vôtre.

– J'ai juste dit que le mien était du même groupe.

– C'est un groupe sanguin extrêmement rare. Avouez que la coïncidence joue en ma faveur.

– Ce n'est qu'une coïncidence.

Le policier lève sa main droite en repliant le pouce.

– Quatre coïncidences : le témoignage de madame Salka, le coupable qui avoue, le couteau couvert d'empreintes digitales et le groupe sanguin. Cela fait une certitude. Pourquoi persistez-vous à nier les faits ?

– Vous délirez et vous me faites peur. J'étais juste endormi.

– Voilà l'explication : vous dormiez. Il y a des cycles dans le sommeil, vous étiez dans un cycle de sommeil profond, vous ne vous êtes pas rendu compte que vous étiez assassiné. Ma femme est pareille, une bombe pourrait exploser dans le salon, elle continuerait à ronfler. C'est une question de constitution physique. Moi, un rien me réveille. Mais je ne vais pas vous raconter ma vie. Pourquoi ne faites-vous pas confiance à la police ? Cela me dépasse. Quel est votre intérêt ? Vous ne voulez pas que justice soit rendue ? (Le lieutenant prend un air soupçonneux.) C'est comme si vous cherchiez à protéger l'homme qui vous a tué.

– Absolument pas. Je ne veux pas le protéger, je... c'est incroyable.

– C'était peut-être votre amant.

– Quoi ?

– Et malgré tout vous l'aimez encore. Classique. Comme ces femmes battues qui refusent de dénoncer leur mari. Quelle tristesse. Mais bon Dieu, il vous a tué ! Il n'est plus temps d'être romantique.

– Je ne suis pas homosexuel.

– Admettons. Il n'en reste pas moins que protéger un criminel est un crime. Ça s'appelle « complicité d'homicide volontaire ». On peut même aller jusqu'à « association de malfaiteurs ».

– Vous n'êtes pas logique. Si je suis mort, on ne peut pas m'inculper.

– Vous ne connaissez pas le juge : il n'hésitera pas à vous inculper à titre posthume. Je ne comprends pas. Cet homme s'est introduit chez vous et vous a sauvagement assassiné. C'est écrit noir sur blanc dans le rapport. Il a été sans pitié. À cause du traumatisme, vous souffrez sans doute d'amnésie. D'après ce qu'il a raconté, il vous a poignardé quinze fois. Quinze fois, avec ce couteau !

Il brandit le couteau dans le sachet. Raphaël a un mouvement de recul.

– Un travail de boucher. Plusieurs organes vitaux ont dû être détruits, des veines sectionnées… Ça me donne la nausée. Si vous ne voulez pas reconnaître votre meurtre, je ne sais pas… pour des raisons de fierté, par narcissisme, faites-le au moins pour la société. Cet homme doit finir ses jours en prison. Je lui ai parlé. J'ai vu la fureur criminelle dans ses yeux. Si on le relâche, il recommencera. Il va y avoir des morts simplement parce que vous refusez de reconnaître votre assassinat. Un tel égoïsme n'est pas tolérable. On ne vous laissera pas faire.

Raphaël se lève et s'avance vers le policier.

– Écoutez, ça suffit. Vous êtes un grand malade. Sortez de chez moi. Je…

Le policier le retient par les épaules avec douceur et le rassoit sur le canapé.

– Je vis ici, dit Raphaël. Je suis chez moi.

Le lieutenant déroule une bande en plastique autour du salon pour délimiter la scène du crime. Il barre la fenêtre avec. Raphaël attrape un pull qui traîne sur une chaise à l'autre bout de la pièce.

– Reposez ce pull, dit le lieutenant. Tout doit demeurer en l'état.

– Mais j'ai froid. J'ai froid!

Un bref combat les oppose, chacun tire sur le pull. Finalement le policier le récupère et le remet à sa place.

– C'est normal. Les coups de couteau ont causé des hémorragies: le sang a quitté les vaisseaux et les veines, provoquant une sclérose des tissus. Le cœur et le cerveau utilisent le peu de sang qu'il vous reste. Vous allez devenir de plus en plus rigide. Le légiste appelle ça « rigidité cadavérique ».

– Essayons d'être rationnels. Reprenons. À quel endroit exact a eu lieu le prétendu crime ?

Le lieutenant lit son bloc.

– Entre le canapé et la table basse du salon.

Raphaël se tourne vers le canapé et montre le sol de la main.

– Vous voyez bien qu'il n'y a pas de sang.

– Vous seriez étonné par l'efficacité des produits détachants, dit le policier. On enlève toutes les taches, aujourd'hui. C'est insensé les moyens que l'industrie offre aux criminels pour éliminer les indices.

Il se penche entre le canapé et la table basse et regarde attentivement le sol avec une loupe.

– Votre assassin a été méthodique. Mais même s'il a réussi à effacer toutes les traces, nous avons suffisamment de preuves et de témoignages.

– Une minute. S'il a pris la peine de ne pas laisser d'indices, pourquoi a-t-il avoué si facilement ?

– On peut être méthodique et avoir des remords.

Raphaël sait maintenant que rien ne pourra convaincre le policier. Il aura réponse à tout. Rien ne sert de lutter. Il faut juste attendre que cela finisse, que quelqu'un vienne.

– Que va-t-il se passer à présent ?

– La routine. Malgré votre obstruction, cette affaire est enfantine.

Le policier examine différents objets sur le buffet avec sa loupe. Il les emballe dans des sachets en plastique.

– Les gars de la morgue vont venir vous chercher. Puis le légiste pratiquera une autopsie.

– Je ne veux pas qu'on m'autopsie.

– Désolé, c'est le règlement. Il y a toujours autopsie en cas de mort violente. Là, au moins, nous aurons la preuve que vous avez été assassiné. Mais je peux vous assurer que le légiste vous recoudra parfaitement. Il replacera tous les organes à leur emplacement d'origine. C'est un ancien chirurgien de renom. Il n'a plus le droit d'exercer à l'hôpital suite à une sombre histoire, mais il est très doué.

Pensant profiter d'un moment d'inattention du lieutenant, Raphaël se dirige vers la porte. Mais le policier l'a vu : il sort son revolver et le pointe dans sa direction.

– Reculez.

Tout en obtempérant, Raphaël montre le revolver du doigt.

– Voilà la preuve de l'absurdité de la situation. Vous me menacez avec une arme, alors que je suis censé être mort. C'est un aveu. On ne menace pas un cadavre.

– Vous êtes têtu. Comme vous vous imaginez être vivant, je me sers de la peur que vous inspire mon revolver pour vous tenir tranquille. J'ai déjà été confronté à des gens refusant d'accepter le décès d'un proche, mais jamais à un mort refusant d'accepter le sien. C'est une première. Toutefois, après trente ans de maison, on ne s'étonne plus de rien.

– Laissez-moi partir. Je n'ai rien fait. Vous n'avez pas le droit de me retenir.

– Désolé, vous êtes la victime. À ce titre, vous appartenez à la justice. Vous êtes sous scellés.

Pour résister au froid, Raphaël tourne en rond, il marche et frappe des pieds. Il essaye de réfléchir. Il va tenter une autre tactique.

– Vous savez, je ne vois pas pourquoi on aurait voulu m'assassiner.

Le policier est dubitatif.

– Vous n'avez rien à vous reprocher ? Vous avez eu une vie exemplaire ?

– À peu près.

– Cet *à peu près* suffit à créer des haines tenaces. Les assassins sont des proches dans la plupart des cas.

– J'ai de bonnes relations avec ma famille.

– Personne n'a de bonnes relations avec sa famille. Il y a forcément un beau-frère avec qui vous êtes fâché, une tante rabat-joie que vous avez vexée. À toujours faire comme si tout était pour le mieux dans le meilleur des mondes, vous êtes de moins en moins crédible. (Le policier parcourt ses notes et réfléchit.) Vos amis ?

– J'en ai peu et nous nous entendons bien.

– Pourquoi n'avez-vous pas beaucoup d'amis ?

– Je ne sais pas, c'est comme ça.

– Cela ne m'étonne pas, vous n'êtes pas d'une compagnie très agréable. C'est triste, il n'y aura pas grand monde à l'enterrement.

– Il n'y aura pas d'enterrement.

– Ah, vous préférez être incinéré. Il paraît que c'est de plus en plus courant. Comme ça il n'y a pas de problème de concession. C'est plus économique. Bon, où puis-je joindre vos amis ? Il faudrait qu'ils passent au commissariat.

– Les vacances de Noël viennent de commencer. Ils ne sont pas là.

– Ils ne vous ont pas invité à les rejoindre ?

– Ils savent que j'ai beaucoup de travail.

– Ah. Et tous vos amis ont des enfants ?

– Oui.

– Mais pas vous ?

– Non.

– Être le seul à ne pas avoir d'enfants, ça ne doit pas être évident.

– Je n'ai pas encore eu le temps de fonder une famille.

– Et maintenant, c'est trop tard. Dommage. Pourtant, vous portez une alliance. Vous êtes marié.

– Ma femme est également absente.

– Tout le monde vous a donc abandonné. Le champ était libre pour l'exécution. J'avoue être impressionné : votre meurtre a nécessité une sacrée organisation. D'ailleurs où se trouve votre femme ?

Raphaël tousse et se frotte les mains pour se réchauffer.

– Chez sa mère. Elle est partie dans la matinée.

– Pourquoi ? Vous êtes fâchés ?

– Une femme ne va pas chez sa mère seulement en cas de problème.

– Ça se discute. Alors pourquoi ne l'avez-vous pas accompagnée ?

– Je ne m'entends pas très bien avec ma belle-mère.

– Enfin quelque chose de sensé. Est-ce qu'elle va souvent la voir en pleine semaine ?

– En général elle y va le week-end. Mais ce matin, elle a eu envie d'aller se reposer à la campagne. Son travail est harassant.

– Vous pensez qu'elle vous aime ?

– Oui, bien sûr.

– Vous n'en doutez pas ?

– Non.

– Que ce soit à propos de votre mort ou de votre femme, vous ne doutez pas beaucoup. Vous ne trouvez pas bizarre d'être assassiné justement le jour où votre femme part chez sa mère ?

– C'est un hasard. Et je n'ai pas été…

– Il y a beaucoup de hasards dans cette affaire. Êtes-vous un homme d'habitudes ?

– Je suis organisé.

– Pourquoi dormiez-vous à cette heure-ci ?

– Je dirige un cabinet d'architecture. Je termine très tard, le mardi soir. Chaque semaine, il y a une réunion ici même.

– Il faudra me fournir le nom de vos collaborateurs. Vous avez bu et pris de la cocaïne. Drôle de manière de travailler.

– Les excitants donnent un coup de fouet dans la dernière ligne droite. Ce n'est sûrement ni sain ni légal, mais c'est comme ça. Nous avons bouclé un projet dans la nuit. Je devais en parler avec un client à Tokyo, vers six heures ce matin à cause du décalage horaire. J'ai un peu forcé sur certaines substances pour tenir le coup. Je fais toujours une sieste le mercredi midi pour récupérer.

– Votre femme le sait ?

– Nous vivons ensemble.

– Votre femme part chez sa mère à un moment inhabituel. Elle sait que vous faites la sieste le mercredi. Et c'est justement ce jour-là que vous êtes assassiné.

– Cela ne prouve rien. Ce ne sont que…

– Des coïncidences. Je vois bien que vous commencez à être ébranlé.

– Je ne suis pas mort, dit Raphaël. (Il rit nerveusement et répète.) Je ne suis pas mort.

– Vous êtes bien le seul à le croire. Pourquoi vous accrocher à cette chimère ? Vous me faites de la peine.

Le policier sort un thermos de sa mallette et va s'asseoir dans le fauteuil en face du canapé. Il se sert un café. Au contact de l'air glacé, le liquide chaud produit une brume.

– Je ne vous en propose pas, le légiste le retrouverait dans votre bol stomacal. (Il boit une gorgée de café.) Je vous cerne de mieux en mieux. Vous avez monté votre boîte tout seul, non ?

– Le sujet n'est pas passionnant, vu les circonstances… mais en attendant que quelqu'un vienne me délivrer et vous ramène à l'asile d'où vous vous êtes échappé… si vous voulez le savoir, oui, j'ai créé ma société. Les banquiers ne me faisaient pas confiance, je n'avais ni relations, ni fortune familiale.

– Je connais les gens de votre espèce. Vous avez l'arrogance de ceux qui ne doivent rien à personne. Ne croyez pas que je critique. Au contraire, je vous admire. Vous êtes habitué à vous battre, rien ne vous arrête. Vous avez réussi grâce à votre seule volonté. Puis, un jour, alors que vous êtes au sommet – vous avez l'argent, la femme, l'appartement –, on vous tue. Vous ne l'aviez pas prévu, vous êtes si blessé, psychologiquement blessé, que vous refusez de l'admettre. Par orgueil.

Raphaël hausse les épaules.

– Cet homme a-t-il parlé d'un mobile ?

Le policier prend le temps de boire deux gorgées de café.

– Il ne vous aime pas. J'ai rarement vu une telle haine. Vous le connaissez peut-être.

Le lieutenant sort une photo Polaroid et la montre à Raphaël.

– Je n'ai jamais rencontré cet homme. Comment pourrait-il me haïr ?

– Vous n'en revenez pas, hein ?

– Vous avez bien dû lui demander des précisions ?

– Il a dressé un tableau de vous très peu flatteur. Vous comprenez pourquoi j'ai du mal à prêter foi à ce que vous dites.

– Mais pourquoi le croire ? Cet homme est un assassin. Je veux dire… il se présente comme tel.

– Justement, un homme qui avoue un crime ne va pas se donner la peine de mentir sur des détails. Il n'a plus rien à perdre. J'ai souvent constaté qu'il n'y a pas plus honnête qu'un meurtrier.

On frappe. Le policier et Raphaël se taisent. Le lieutenant va ouvrir la porte. Un jeune homme entre. Il a un brassard de la police.

– Je suis le photographe de la PJ. Le capitaine m'a demandé de venir ici.

– Bonjour, dit le lieutenant. Voilà le lieu du crime.

Le photographe prend des photos du salon. Raphaël croyait avoir affaire à un fou se faisant passer pour un policier, mais l'arrivée du photographe semble infirmer son jugement. Il ne sait plus quoi penser.

– Et la victime.

– Enchanté.

Le photographe veut serrer la main de Raphaël. Le lieutenant l'arrête et lui donne un gant.

– Mettez ce gant. Il serait dommage que vos empreintes digitales traînent sur le corps.

– Vous avez raison.

Le photographe enfile le gant en plastique et serre la main de Raphaël.

– Bonjour, monsieur. Toutes mes condoléances.

– Les condoléances sont pour la famille, mon garçon, dit le lieutenant. Pas pour la victime.

– Vous allez m'aider, dit Raphaël. C'est fou. Je ne suis en rien une victime. Si ce n'est celle d'une machination ou d'une plaisanterie sordide. Je vous parais mort ? Je vous parais mort ?

– Je ne suis que photographe, monsieur. C'est le médecin légiste qu'il faudra convaincre. On m'a informé que vous étiez la victime, alors vous êtes la victime. J'effectue mon stage de titularisation. Je ne voudrais pas être mal noté.

Raphaël se détourne.

– D'accord, vous faites partie de la combine.

– J'ignore de quoi vous parlez, monsieur. Toutefois, je remarque que vous avez un teint inquiétant. Regardez-vous dans une glace, vous êtes blafard et vos lèvres sont violettes.

– Il a éteint le chauffage, la fenêtre est ouverte et il refuse que je m'habille! Je suis frigorifié!

Le policier et le photographe ont le même air désolé.

– Connaissez-vous les phasmes? demande le photographe.

– Ce sont des insectes. Mais je ne vois pas le rapport.

– Ah oui? dit le lieutenant, curieux.

– Ce sont des insectes, en effet. Mais très particuliers. Ils ressemblent à s'y méprendre à des feuilles mortes ou à des brindilles. On dirait qu'ils sont morts. Mais ils ne le sont pas. C'est ainsi qu'ils trompent leurs prédateurs. (Le photographe s'adresse à Raphaël.) Vous êtes peut-être le contraire d'un phasme. Il est possible que vous paraissiez vivant, mais que vous ne le soyez pas. En tout cas, comme photographe et amoureux de la nature, je peux vous dire une chose: il faut se méfier de ce que l'on voit.

– C'est très intéressant votre histoire de phasmes, dit le lieutenant.

Raphaël lève les yeux au ciel. Le photographe saisit son poignet et y attache une étiquette.

– C'est la procédure. Cela permet de vous identifier. Il y a votre nom, la date et un numéro d'identification judiciaire. Comme ça, on est sûr de ne pas vous confondre avec un autre ou de vous perdre. Le système est le même que pour l'enregistrement des bagages à l'aéroport. C'est parfois un peu le bazar à la morgue.

Le photographe le vise de nouveau avec son appareil.

– Vous pourriez sourire ? La plupart des cadavres font une tête pas croyable. Ça changera.

Raphaël sourit méchamment, les yeux exorbités. Le photographe prend plusieurs photos sous différents angles. Il salue Raphaël puis le policier, et sort.

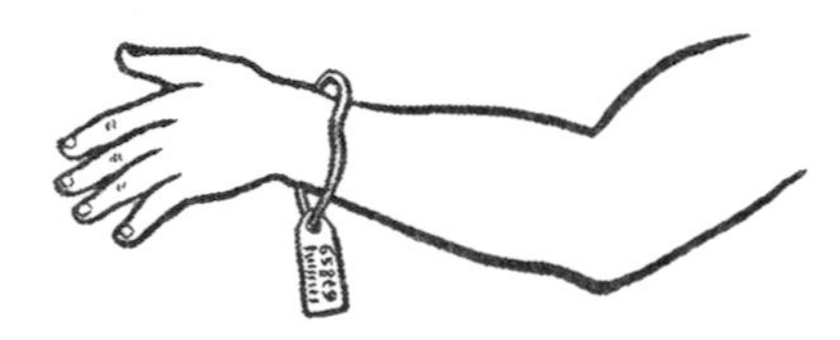

Le téléphone sonne. Raphaël se précipite sur le combiné, mais le lieutenant décroche avant lui. Rapidement il interrompt son interlocuteur :

– Écoutez, ce n'est pas le moment. Je vous conseille de contacter sa femme dans quelques jours. (Il raccroche.) Ils ne traînent pas. Une agence immobilière. Ils voulaient savoir si l'appartement était disponible. C'est vrai qu'il risque d'être trop grand pour votre femme. Si elle reste seule.

– Ce n'est pas possible.

– Que voulez-vous, il y a une crise du logement. Ils auraient pu attendre l'enterrement. Enfin, je veux dire, l'incinération. C'est une question de décence. Je savais que les gens épluchaient les rubriques nécrologiques pour trouver un logement, mais là je suis épaté. Quelqu'un du commissariat a sans doute renseigné l'agence en échange d'un petit billet. Vu ce qu'on est payé, je peux comprendre. C'est un triste monde. Je ne suis pas sûr que vous perdiez beaucoup en le quittant.

Il se tait quelques instants, songeur.

– Quelque chose m'intrigue. Simple curiosité intellectuelle. Pour quelle raison ne vous aurait-on pas assassiné ? Qu'est-ce qui fait de vous une personne si peu digne d'être assassinée ?

– Je ne vois pas pourquoi on aurait voulu ma mort.

– Si on cherche bien, tout le monde a des raisons d'être tué. Cela ne veut pas dire que vous êtes plus mauvais qu'un autre. Un tueur n'est pas un juge. Des gens très bien sont assassinés. Des saints, des papes, des enfants. Gandhi, par exemple. Patrice Lumumba. John Lennon. Il n'est pas question de morale. Je ne veux pas être désagréable, mais… puis-je être franc ?

– Au point où j'en suis…

Une bourrasque de vent s'engouffre par la fenêtre. Raphaël tousse et serre les bras contre sa poitrine.

– Je comprendrais très bien que l'on ait désiré vous tuer.

– Pardon ?

– À cause de votre réussite, vous êtes une insulte pour le commun des mortels.

– C'est ridicule.

– C'est un sentiment très humain. Mais bien sûr on ne passe pas à l'acte. Cela reste un doux rêve. Il faut une motivation autrement plus forte. Conserviez-vous beaucoup d'argent liquide dans l'appartement ?

– Juste un peu de monnaie.

– Vérifiez si vous avez encore votre carte bleue.

Raphaël fouille dans la poche de son manteau. Il sort son portefeuille : sa carte bleue est bien là. Il s'essuie le nez et renifle. Il se frotte bras et jambes.

– Il n'y a pas eu vol. J'en étais sûr. Nous avons découvert une importante somme d'argent dans la poche du meurtrier. C'était un contrat. Le commanditaire a donné l'argent à ce pauvre bougre pour vous éliminer. Il ne s'agit pas d'un professionnel. C'est un drogué, il a des traces de piqûres sur les bras, les pupilles dilatées, des tremblements… Le manque va l'épuiser. Pour l'instant, il refuse de nous dire qui l'a payé, mais ce n'est qu'une question de minutes. Personnellement, je pencherais pour l'amant de votre femme.

– Pardon ?

– Vous avez une perte de l'ouïe très sensible. Les nerfs auditifs se nécrosent. (Il parle plus fort.) Je disais : l'amant de votre femme. Je pense que c'est lui le commanditaire.

– Ma femme ne me tromperait jamais. Vous ne la

connaissez pas. Elle ne pourrait même pas y songer. Il n'y a personne d'aussi pur.

– Personne, en effet. Je ne vois pas pourquoi votre femme n'aurait pas d'amant. La mienne en a un et je ne suis pas pire que vous. Vous ne vous remettez jamais en cause, hein ? Vous n'avez pas été assassiné, votre femme ne vous trompe pas… Je n'ai jamais rencontré quelqu'un avec de telles œillères. Vous êtes ensemble depuis combien de temps ?

– Quatre ans.

– Alors elle vous trompe. Le délai de deux ans est passé.

– Quel délai de deux ans ?

– Vous n'êtes pas au courant ? Il faut deux ans pour que les effets euphorisants de la rencontre se dissipent. C'est scientifique : je l'ai lu dans un magazine féminin chez mon dentiste. Les fleurs dans les yeux et les petits oiseaux s'évanouissent. La réalité de l'autre apparaît. Et puis, sexuellement, ça ne ressemble plus aux débuts. Ajoutons à cela que, sans vouloir être désobligeant, vous n'êtes pas très beau et que la ville est pleine d'hommes désirables.

Le lieutenant prend un cadre où se trouve une photo de la femme de Raphaël. Il la détaille.

– Oui, c'est évident, elle vous trompe. Elle est sublime. Qu'est-ce qui vous a pris de vous marier avec une femme si belle ? Vous êtes inconscient. Vous ne jouez pas dans la même catégorie. Votre complexe de supériorité se confirme.

Raphaël a le réflexe d'arranger ses cheveux.

– Il n'y a pas que le physique qui compte.

– Vous pensez que je vois tout en noir. Je m'excuse. C'est la faute de mon métier, je suis sans cesse confronté à la bassesse humaine. Vous avez raison, il n'y a pas que la beauté. Il y a aussi l'argent. Avez-vous laissé un testament ?

– Je n'ai pas à vous répondre. Je vais appeler mon avocat.

Raphaël se dirige vers le téléphone. Le lieutenant le menace de son arme et le fait reculer. Le cadre avec la photo tombe par terre et se brise.

– Navré, mais la loi ne prévoit pas qu'un avocat puisse être contacté par la victime d'un meurtre. Seule la famille a ce droit. Je m'efforce de vous aider, mon vieux, mais je ne commettrai pas de faute professionnelle : je connais le code de procédure pénale. Les gars vont bientôt vous emporter à la morgue. Il ne nous reste pas beaucoup de temps. Au point où vous en êtes, nous pourrions essayer d'y voir un peu plus clair.

Le lieutenant ramasse le cadre brisé. Sous la photo de la femme apparaît une photo d'homme.

– Regardez-moi ça. Ah, les femmes sont romantiques. C'est ce qui les perd. Cacher le portrait de son amant derrière sa propre photo. C'est adorable. Mais fatal.

Raphaël tousse. Il a du mal à respirer.

– Il y a toujours une photo quand on achète un cadre, dit-il. Ma femme a dû oublier de l'enlever. Il s'agit d'un mannequin. Il s'agit d'un mannequin.

– Vu sa gueule, oui, il pourrait être mannequin. En tout cas, votre femme lui est mieux assortie. Vous le connaissez ?

Le lieutenant montre la photo à Raphaël.

– Non. Non. Il doit y avoir une explication. Il doit y avoir... Je ne sais plus où j'en suis.

Avec précaution le lieutenant place la photo dans un sachet en plastique.

– Alors, oui ou non avez-vous rédigé un testament?

Raphaël se prend la tête dans les mains.

– Oui.

– Vous avez souscrit une assurance-vie.

– On ne peut rien vous cacher.

– C'est très récent, n'est-ce pas?

Raphaël ne répond pas. Il aperçoit son reflet dans un morceau de verre brisé sur le sol. Il a des cernes spectaculaires, les joues creusées, les lèvres serrées, et sa peau tire sur le violet. Il ne se reconnaît pas.

– L'idée n'est pas de vous. Je le sais. Au bout d'un certain temps, on se rend compte que ce sont toujours les mêmes histoires. Pourquoi un homme jeune et a priori en pleine forme, comme vous, rédigerait son testament et souscrirait une assurance-vie? Quelqu'un vous y a poussé.

– Elle ne m'y a pas poussé.

– Elle?

– Arrêtez de jouer avec mes nerfs. (Raphaël tousse pendant plusieurs secondes.) Je vois bien que vous insinuez que ma femme est derrière tout ça.

– Ce n'est pas le cas?

– Nous en avons discuté.

– Mais l'idée est d'elle.

– Ma femme gère les questions financières. Une assurance-vie est un excellent placement.

– J'ai l'impression d'entendre un bon élève qui récite une leçon. Oui, c'est un excellent placement financier. Comme vous en êtes aussi un, d'ailleurs.

– Ma femme n'est pas pauvre. Elle gagne très bien sa vie.

– On veut toujours plus. S'il n'y avait que les pauvres qui s'intéressaient à l'argent... Peut-être a-t-elle été encouragée par un amant plus nécessiteux.

Le lieutenant agite doucement le sachet en plastique contenant la photo.

Raphaël détourne les yeux.

– Je voulais que ma femme soit à l'abri du besoin au cas où.

– Au cas où quoi ?

– Au cas où... je disparaîtrais.

De sa main il essuie son nez qui coule. Il ne peut en rester là, ça ferait trop plaisir au policier, il va expliquer les circonstances.

– Récemment, un de nos amis est mort dans un accident de voiture, laissant sa femme et ses enfants démunis.

– Vous n'avez pas d'enfants.

– J'aime ma femme. Elle est tout pour moi. Il est naturel de penser à mettre mes affaires en ordre.

– Tellement en ordre que vous n'aviez plus qu'à mourir

– Taisez-vous ! C'est ma femme qui a fait son testament la première. Je me suis contenté de l'imiter.

– Et si elle venait à mourir, que vous laisserait-elle ?

– Cela ne vous regarde pas.

– Elle n'a pas de fortune. Tandis que vous… (Le policier jette un coup d'œil circulaire à l'appartement.) Je peux la joindre chez sa mère ?

– Je n'ai pas son numéro.

– Je vais appeler le fichier central de la police.

– Vous ne trouverez pas. Elle porte son nom de jeune fille.

– Qui est ?

– Je ne m'en souviens pas.

– Vous ne faites pas grand-chose pour m'aider.

– Je n'y peux rien.

– Votre femme n'a pas de téléphone portable ?

– Si. Je n'y avais pas pensé.

– Moi, j'y ai pensé.

De sa mallette, il sort un sachet en plastique contenant un ticket de métro sur lequel est griffonné quelque chose. Il l'approche des yeux de Raphaël.

– Nous avons trouvé son numéro dans la poche de votre assassin.

Raphaël fixe le ticket.

– Ce n'est pas possible.

Il tente de se lever du canapé, mais le lieutenant met sa main sur son épaule pour l'en empêcher.

– Sur un ticket de métro usagé… mon Dieu, tant d'amateurisme est désolant. Je vais demander une analyse graphologique.

Depuis que le policier est entré, Raphaël a l'impression d'une chute ininterrompue. Chaque fois il s'enfonce davantage. Il s'accroche au bras du lieutenant.

– Pourquoi ne m'avoir rien dit plus tôt?

Le lieutenant se veut rassurant, il parle tout bas.

– Je suis de votre côté. Je sais que vous en bavez, mais je veux comprendre la situation, les tenants et les aboutissants de cette histoire. Pour ne leur laisser aucune chance. Et puis, j'essaye de vous amener à prendre conscience de la réalité. Je sais que c'est dur, mon pauvre vieux.

Raphaël tente de se ressaisir.

– Ce numéro de téléphone ne veut rien dire.

– Vous allez encore me dire que c'est une coïncidence? À moins que votre femme, à ses heures perdues, ne deale du crack près du métro Château-Rouge, je ne vois pas comment ni pourquoi elle serait entrée en contact avec le drogué qui vous a assassiné.

– C'est peut-être un vieil ami...

– Vous êtes pathétique. Efforcez-vous au moins d'imaginer des arguments vraisemblables. J'ai appelé votre femme avant d'arriver ici. Quand je lui ai annoncé votre mort, elle a... bien réagi.

– Vous avez appelé ma femme... Comment ça, elle a bien réagi?

– Elle s'est tout de suite mise à pleurer et à crier.

Raphaël reprend espoir.

– Elle a pleuré?

– Oui. Mais ne vous réjouissez pas. Ce n'est pas une réaction normale. Quand on annonce la mort d'un proche, il y a un moment de surprise consécutif au choc. Les psychologues appellent ça la période de *sidération*. Mais votre femme s'attendait à mon coup de téléphone. Elle s'y était préparée. Elle s'est mise à pleurer immédiatement. Et à crier. Mon Dieu, quel cinéma.

– C'est une question d'interprétation, dit Raphaël. Vous avez des convictions et vous cherchez à tout prix à les conforter. Ce que je vois, c'est qu'elle a été touchée d'apprendre ma mort. Cela lui a fait de la peine. Il faut que je l'appelle pour la rassurer et lui dire que je vais bien.

Raphaël se dirige vers le téléphone. Le policier arrache le fil du mur.

– Je vous empêcherai de donner des armes à la partie adverse.

– Quelles armes ? Mais de quoi parlez-vous ?

– Elle vous manipulera et vous fera avaler n'importe quoi. Vous savez ce qu'elle m'a dit ? Juste après l'annonce de votre mort ?

– Je ne veux pas savoir.

Raphaël met les mains sur ses oreilles. Le lieutenant le force à écouter en lui écartant les bras. Il s'approche de son visage.

– Elle a dit que vous étiez très déprimé ces derniers temps.

– Mais…

– Je ne l'avais pas informée de la cause de votre mort. Elle a spontanément pensé que vous vous étiez suicidé. C'était une évidence pour elle.

– Je ne suis pas déprimé, dit Raphaël, effondré, en lambeaux. Je vais bien, très bien…

– Elle a dit aussi que vous parliez souvent de suicide.

– Mais c'est faux ! Je n'ai jamais parlé de suicide, je suis heureux… je suis heureux, vous m'entendez ? Pourquoi a-t-elle dit ça ?

– Réfléchissez un instant. Vous ne devinez pas pourquoi elle veut que l'on pense que vous aviez des tendances suicidaires ?

Raphaël s'enfonce dans le canapé. Il tousse et a du mal à reprendre sa respiration.

– Non, je ne peux pas croire…

– Ah, vous y voyez clair maintenant. Elle a payé quelqu'un pour vous supprimer, mais son idée était de maquiller votre mort en suicide. C'est raté. L'assassin a salopé le travail. Elle a sans doute voulu faire des économies en payant un junkie. Elle aurait dû engager un professionnel. J'en connais qui font ça très bien. (Il s'agenouille près de Raphaël et lui relève la tête pour qu'ils se regardent dans les yeux.) Alors, les pièces du puzzle s'assemblent ?

– Je ne veux plus penser…

– Elle ira en prison. Je vous le garantis. (Il montre la photo de l'homme.) Son amant aussi.

Le téléphone portable du policier sonne. Il répond.

– Montez, je vous attends près du corps. (Il s'adresse à Raphaël en chuchotant.) Ce sont les brancardiers de la morgue. On va vous emporter. (De nouveau, il parle au téléphone.) Oui, c'est au quatrième. Vous avez besoin d'aide ? (À Raphaël.) Cela vous ennuie si je vous laisse deux minutes ? Ils ont des tas de trucs à monter et avec les réductions d'effectifs… (Au téléphone.) J'arrive. (À Raphaël en lui tendant le couteau.) Tenez, je vous laisse ça, je ne vais pas le trimbaler dans ma poche, ça pourrait être dangereux.

Raphaël prend le couteau. Le policier quitte la pièce. Le salon avec ses bandes en plastique et les sachets qui contiennent verres, bouteilles et objets divers ressemble parfaitement à la scène d'un crime. Assis par terre entre le canapé et la table basse, Raphaël a les yeux rouges, il est livide, l'ombre de lui-même. Il tient le couteau dans sa main et le fixe, hagard.

La mauvaise habitude d'être soi

Philippe boit une caïpirinha en lisant le journal à la terrasse d'un café du canal Saint-Martin. La douceur du printemps a fait disparaître les pulls et les écharpes ; le vert des arbres est flamboyant. L'après-midi touche à sa fin, les gens sortent de leur travail, le café se remplit petit à petit. Un homme s'installe en face de Philippe, à la même table. Il porte exactement les mêmes vêtements que lui. Philippe ne s'en aperçoit pas. L'inconnu se penche vers lui et dit :

– Bonjour.

Sans quitter son journal des yeux, mécaniquement, Philippe répond au salut.

L'inconnu approche sa chaise.

– Vous ne remarquez rien ? Nous sommes habillés pareil.

Cet homme essaye d'engager la conversation, Philippe le voit bien, mais il n'a pas l'intention de se laisser embarquer dans des considérations d'ordre vestimentaire, il fait « Ah » et continue sa lecture.

– C'est pour vous montrer à quel point vous avez mauvais goût, dit l'inconnu.

Philippe comprend qu'il ne pourra pas échapper à cet irritant personnage. Il pose son journal et lève la tête. Il découvre qu'en effet ils sont habillés strictement de la même façon.

– Pour me montrer à quel point j'ai mauvais goût ?

– Les couleurs trop proches ne s'accordent pas. Il faut éviter de rester dans les mêmes tons. Les ruptures franches sont plus élégantes. Vous avez passé l'âge de mettre des chaussettes fantaisie. Votre col est boutonné trop haut. Et votre chemise est hideuse. Jaune. Mon Dieu. Quant à vos chaussures, vous pourriez les cirer. Vous ne mesurez pas la souffrance que j'ai ressentie en m'habillant comme vous. Vous avez un certain culot tout de même. Il faut être très sûr de soi pour mépriser le jugement des autres à ce point.

Philippe est sidéré. Mais il croit avoir compris.

– Vous voulez de l'argent. Vous êtes un genre de clown mendiant qui prend quelqu'un comme cible pour lui soutirer une pièce, c'est ça ?

Parmi la multitude d'êtres qui l'horripilent, Philippe est particulièrement allergique aux mimes.

– Je ne suis pas un mendiant. Vous n'êtes pas un mendiant, je ne peux donc pas en être un.

« Ce n'est pas un mime, note Philippe. Il n'imite ni mes gestes ni mes attitudes. C'est déjà ça. »

– Qu'est-ce que vous voulez ?

L'inconnu sourit d'une manière étrange.

– Je veux être vous.

Alors Philippe éclate de rire. D'accord, c'est une plaisanterie. Il dit :

– Vous ne pouvez pas. Je suis déjà moi.

– Pour l'instant.

– Pardon ?

– Vous êtes vous pour l'instant.

– Je compte le rester.

– Le monde change. À un moment vous n'étiez pas vous : avant votre naissance, vous n'étiez rien. Et dès votre mort, vous ne serez plus vous. Il n'y a rien d'inaltérable.

Un frisson parcourt Philippe ; il se demande si cet homme est dangereux. Il hausse le ton.

– Je vous prie de partir ou j'appelle un agent.

Comme l'inconnu ne semble pas décidé à obéir, Philippe fait un signe au garçon pour avoir l'addition. L'inconnu a un geste apaisant.

– N'ayez pas peur, je ne suis pas un délinquant. Est-ce que vous êtes un délinquant ? Non. Je veux être vous, alors je ne vais pas commencer par être ce que vous n'êtes pas. Mon offre est honnête : je vous propose d'être quelqu'un d'autre et de me céder la place. Me laisser être vous.

Le serveur arrive, Philippe paye et, sans regarder l'inconnu, dit :

– Et je serai qui, moi ?

– Qui vous voulez.

Philippe sourit ; malgré lui il se prend au jeu. Il pense avoir trouvé la faille.

– Je serai vous.

– Je ne préférerais pas. Vous n'aurez qu'à être monsieur Zibaldone.

– Qui est monsieur Zibaldone ?

– Quelqu'un que vous pourriez être sans causer de dégâts. C'est un de mes voisins.

Philippe quitte le café. Il marche d'un pas rapide en direction de la gare de l'Est. Il est fatigué, il travaille trop ces temps-ci. Il est à bout de nerfs et n'a surtout pas besoin d'être harcelé par un maniaque. C'est toujours quand ça ne va pas que les désagréments s'accumulent. Il s'aperçoit que l'inconnu le suit. Il accélère, mais l'importun règle son pas sur le sien. Brusquement il s'arrête et lui fait face.

– Laissez-moi, dit Philippe.

– Je ne vais pas vous embêter longtemps. Je vous demande de m'accorder une demi-heure.

Philippe ne sait pas quoi faire. Il ne va quand même pas en venir aux mains. Il ne sert à rien de s'énerver. Après tout, il a bien une demi-heure. Il s'arrête au bord du canal. Il y a du monde, des jeunes boivent un verre de vin assis près de l'eau, fument, mangent, discutent. Il ne risque rien. Si cet homme se révèle dangereux, des gens interviendront. « Il vaut mieux rester ici et ne pas lui montrer où j'habite », pense Philippe. Il s'assoit sur un banc, l'inconnu l'imite.

– Très bien. Alors... qu'est-ce que c'est que cette histoire... pourquoi voulez-vous être moi ?

– Parce que je serais plus doué que vous pour être vous.

– Vous êtes bien prétentieux.

– Pas du tout : je vois le potentiel qu'il y a en vous, je vois des capacités mal utilisées. À plus d'un titre vous êtes exceptionnel et vous l'avez oublié.

L'intérêt de cet homme est malsain, certes, mais Philippe est flatté. Il se sent considéré. Depuis combien de temps cela ne lui est pas arrivé ? Et puis, voilà un épisode inattendu. C'est rafraîchissant. Ce moment de surréalisme lui fait du bien. Bien sûr il est face à un fou, mais cette folie lui change les idées, c'est comme une respiration dans une vie irrespirable, une brèche étrange.

– Il faudrait en parler à ma fiancée.

– Je la quitterais. Évidemment.

– Je ne veux pas la quitter.

– Ça fait partie du problème. Vous devriez quitter Mélanie, mais vous n'en avez pas le cran. Si j'étais vous, je réaliserais votre désir.

– Comment connaissez-vous son prénom ?

– Si vous saviez le nombre de choses que l'on trouve sur

Internet… Cela fait des mois que je me renseigne. Je vous ai étudié. C'est naturel. Je n'allais pas courir le risque de devenir n'importe qui. Vous avez un potentiel exceptionnel. Mais vous gâchez tout.

– Je suis satisfait de ma vie.

L'inconnu a l'air désolé, il sait que Philippe ment.

– Vous avez répondu trop vite. Si vous voulez être crédible, faites attention : de tels signes ne trompent personne.

– Je ne vous permets pas… C'est très déplaisant d'avoir été espionné.

– Oh, ne vous inquiétez pas, votre vie n'est pas très originale. Ce que j'ai découvert, j'aurais facilement pu l'imaginer.

– Vous êtes vraiment désagréable.

– Navré.

L'inconnu semble sincèrement désolé. Ils restent silencieux, côte à côte. Philippe prend conscience qu'effectivement il est mal habillé. Il avait acheté ces vêtements sans y réfléchir, sans se soucier de leur style et de leur accord. Ce manque d'attention à son apparence est une preuve supplémentaire de sa dépression. L'inconnu le regarde et, avec douceur, dit :

– La vérité, c'est que vous vous êtes lassé de vous-même.

« Cet homme touche juste, pense Philippe. Il met des mots sur des impressions que je n'arrivais pas à formuler. »

L'inconnu poursuit :

– C'est normal après tout, depuis combien de temps êtes-vous vous ? Trente-cinq ans. Trente-cinq ans que vous êtes vous par habitude. Par mauvaise habitude si je peux me permettre. Il faudrait vous sevrer de vous-même.

À la fois effrayé et captivé par la logique de l'inconnu, Philippe demande :

– Et si vous étiez moi, que feriez-vous ? À part vous habiller différemment et quitter ma copine ?

Philippe se rend compte qu'il a désigné Mélanie comme étant sa copine et non plus sa fiancée.

– Je ne sais pas encore exactement. Mais j'aurais enfin

l'opportunité de réaliser quelque chose. Il est très difficile de changer soi-même. En revanche on peut changer pour un autre, à la place d'un autre, ce que l'on ne peut changer pour soi. Je crois que ce n'est qu'en étant quelqu'un d'autre que l'on peut être libre.

Philippe médite.

– Vous voulez être moi mais pour votre propre bénéfice ?

– Je veux me quitter pour un temps, me laisser reposer. Je me retrouverai plus tard. En étant vous je pourrais construire, tenter ce que je n'ose habituellement pas. J'explorerais des possibilités. Ne vous inquiétez pas, il ne s'agit pas de faire n'importe quoi. Mais de me rappeler que l'on peut agir sur sa vie. Je peux vous parler franchement ?

Philippe hoche la tête.

– Je ne vais pas mieux que vous et j'ai besoin de constater qu'il est possible d'évoluer. Alors croyez-moi : je serai vous avec respect parce que je sais ce que vous traversez. Vous en retirerez aussi un grand profit.

Philippe a face à lui un homme intelligent et psychologue dont les idées sont à la fois incongrues et excitantes. Et puis il est rassuré d'apprendre qu'il est tout aussi perdu. Ils se ressemblent. Philippe a déjà baissé sa garde mais maintenant il ose le laisser voir à son compagnon.

– C'est vrai que ce n'est pas une période facile.

– Je sais, dit l'inconnu en posant sa main sur son épaule.

– Et combien de temps voudriez-vous être moi ?

– Deux jours. Je pense que c'est suffisant pour faire du ménage dans votre vie.

Un bateau passe sur le canal. De petites vagues se forment et viennent se cogner contre le bord du quai. Philippe se rappelle qu'il aime naviguer et qu'il n'a pas posé le pied sur un bateau depuis plus de dix ans.

– Être soi, c'est beaucoup de responsabilités, dit l'inconnu. Beaucoup trop. Ce n'est à la portée de personne. Il faudrait, de temps en temps, se permettre d'être quelqu'un d'autre.

– Vous iriez à mes rendez-vous ? Vous parleriez à ma place ?

L'inconnu acquiesce. Mais pour séduisant que soit le projet, Philippe est conscient qu'il y a des éléments qui l'entravent.

– Nous ne nous ressemblons pas, dit-il. Vous avez beau être habillé comme moi, nous n'avons pas la même tête.

– Imiter votre voix n'est pas un problème. Je peux changer votre vie à partir de votre téléphone et de votre adresse Internet.

Cet homme propose à Philippe un cadeau, un pacte qu'il se découvre désirer profondément. Il peut lui offrir ce qu'il ne réussit pas à entreprendre lui-même. Philippe se sent comme aimanté. Dans la folle proposition de cet inconnu, il y a quelque chose de juste et d'attirant. Et si, en effet, il s'accordait la liberté de ne plus vivre sa vie, mais de la confier à quelqu'un d'autre ? Ce ne serait l'affaire que de deux jours. Mais que deviendra-t-il pendant ce temps-là ? Qui sera-t-il ?

– Je n'ai pas envie d'être votre voisin, ce monsieur Zibaldone, dit Philippe.

– Ah non ?

– Je crois que je préfère n'être personne, dit Philippe. Est-il possible de n'être personne ?

– N'être personne offre la plus grande des libertés. Si vous voulez mon avis, c'est même un droit qui devrait être inscrit dans la Constitution.

Philippe ne sait pas comment cela va se mettre en place, il ignore ce qu'il en résultera. Mais sa vie est un tel désastre qu'il n'a rien à perdre. Après tout, qu'est-ce qu'il risque ? Est-ce que sa vie pourrait être pire qu'elle ne l'est actuellement ? Non. Il va donner tous les renseignements dont cet homme a besoin. Pendant deux jours il ne sera personne et un inconnu vivra sa vie. Il n'a pas été aussi bien depuis une éternité. Il va n'être personne et il se sent revivre.

L'homme qui était une espèce en voie de disparition

Quand on annonça à Tristan qu'il était une espèce en voie de disparition, il fut quelque peu étonné. Rien dans sa vie n'aurait pu lui laisser penser une chose pareille. Il avait trente ans et il était dessinateur à l'Opéra Garnier (il dessinait des croquis de mise en scène et des détails de décor). Son appartement de deux pièces donnait sur le parc Montsouris. Une fois par semaine, il prenait des leçons de trompette et tous les dimanches matin, dès l'ouverture de la piscine, il faisait vingt longueurs de bassin. Il lui était arrivé de vivre des histoires d'amour, mais depuis quelque temps aucune femme n'avait partagé son lit. Certains soirs il le regrettait, la plupart du temps, philosophe, il se disait qu'il finirait bien par retomber amoureux un jour ou l'autre. Fonder une famille était une idée qui lui plaisait sans pour autant qu'il entreprenne quoi que ce soit pour la réaliser. Rien ne pressait.

Un lundi matin de printemps (l'hiver avait été long et dur, les feuilles commençaient juste à apparaître), alors qu'il préparait le petit déjeuner (un tablier sur son costume), on frappa chez lui. L'eau de la cafetière coulait dans le filtre plein de café. Tristan tourna la tête vers la porte. Qui pouvait bien se manifester à une heure pareille ? Il alla ouvrir. Deux hommes se tenaient devant l'entrée. Le plus petit était vêtu d'une blouse blanche comme les médecins et les bouchers charcutiers. L'autre portait une veste en tweed. Un grand sérieux émanait d'eux, en même temps qu'une certaine excitation.

– Pouvons-nous entrer ? demanda l'homme en blouse blanche.

Tristan se dit qu'ils devaient faire partie du syndic, ou peut-être était-ce des voisins qui désiraient lui confier leur chat pendant les vacances.

Les deux hommes s'avancèrent. Ils jetèrent un coup d'œil autour d'eux tout en restant étrangement serrés l'un contre l'autre, comme s'ils redoutaient de déranger quoi que ce soit.

– Je travaille à l'université, dit l'homme en blouse.

Tristan crut deviner le motif de leur visite. Quelques mois plus tôt, il avait posé sa candidature pour donner des cours de « dessin d'oiseaux en vol ». Ces messieurs venaient sans doute pour ça. Ils se déplaçaient, c'était bon signe.

– Enchanté, dit Tristan, et il tendit la main pour serrer celle de ces visiteurs inopinés.

Ceux-ci reculèrent d'un pas et se regardèrent, embarrassés. Ils refusèrent la poignée de main.

– Je dirige le laboratoire de biologie, précisa l'homme en blouse blanche.

– Je suis le directeur du musée d'Histoire naturelle, dit l'autre.

– Il y a un problème ? s'inquiéta Tristan.

Son cœur martela sa poitrine. Cela expliquerait la distance de ces deux scientifiques. Il pensa « contagion, maladie infectieuse, virus ». Mais ils ne portaient pas de masques. Mille images défilèrent dans son esprit. Il se revit enfant, adolescent, il se rappela ses parents, il songea à ses amours passées. Les deux hommes sourirent. L'homme en tweed épongea la sueur de son front.

– Non, pas du tout. Votre médecin vous a prescrit une analyse de sang, il y a un mois.

– J'étais fatigué. Je craignais une anémie. Mais tout va bien.

Il insista sur « Tout va bien », comme si cela pouvait suffire à repousser toute information contraire.

– En fait, dit l'homme en blouse blanche, le laboratoire d'analyse a détecté une légère anomalie dans votre phénotype.

– Une anomalie génétique ?

– Une anomalie pour l'*homo sapiens*, oui, mais pas une anomalie au sens strict.

– Je ne comprends pas, dit Tristan.

Il les pria de s'asseoir, et leur proposa du café. Mais les deux savants déclinèrent l'offre et restèrent debout, collés l'un à l'autre.

– J'ai une maladie génétique ? demanda Tristan.

Il se sentait au bord de l'évanouissement.

– Non, pas du tout. Laissez-nous vous expliquer. Suite à la détection de cette étrangeté, le laboratoire a prévenu le ministère de la Santé qui nous a confié l'échantillon de votre sang.

– C'est la procédure, précisa le directeur du musée d'Histoire naturelle. (Tristan ne voyait pas en quoi un directeur de musée pouvait être intéressé par cette histoire.)

– Après bien des recoupements, continua le biologiste, nous avons trouvé l'explication à votre anomalie. Vous n'êtes pas un *homo sapiens*.

– Pardon ?

– Vous appartenez à une sous-espèce différente.

– Vous voulez dire que je ne suis pas humain ? dit Tristan en souriant franchement (mais au fond de lui une petite inquiétude commençait à poindre).

– Vous êtes bien un homme. Mais un homme cousin des hommes actuels. Vous appartenez au groupe des *homo sapiens insularis*. Nous pensions que cette sous-espèce qui vivait sur des îles entre l'Angleterre et la France avait totalement disparu.

– Le dernier spécimen connu date du milieu du XIXe siècle, dit le directeur du musée d'Histoire naturelle. Nous avons un de ses bras dans un bocal au musée.

Tristan s'assit. La mention d'un bras dans un bocal avait achevé de l'angoisser.

– Comme vous n'avez plus de famille (en effet les parents de Tristan étaient morts peu après sa naissance, et il n'avait ni oncle ni tante), vous êtes sans doute le dernier représentant de cette sous-espèce d'hominidés.

– Vous voulez dire que je suis une espèce de singe ?

– Non, vous êtes une espèce d'homme qui lui-même est une espèce de singe.

– Mais je suis normal. Je ne suis pas physiquement différent des autres.

– La différence est minime. Vous avez le front un peu plus large et les oreilles légèrement plus pointues.

Tristan se précipita dans la salle de bains. Cela n'avait rien de frappant.

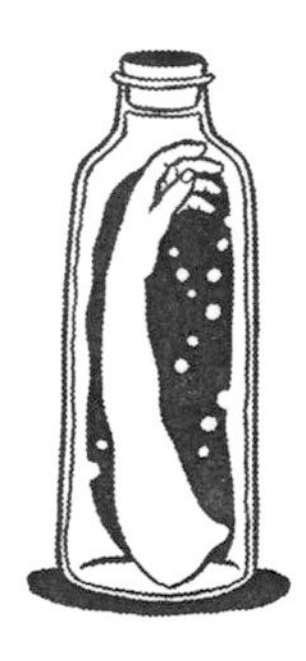

– Est-ce que cela veut dire que je ne pourrai pas avoir d'enfants ?

– Non, cela n'a aucune incidence sur vos capacités reproductrices. En revanche, vos enfants perdront tout lien avec votre groupe, car c'est une particularité qui se transmet de la mère à l'enfant. Vos enfants seront des *homo sapiens* comme les autres.

– Ce qui fait, dit le directeur du musée d'Histoire naturelle, que vous êtes une espèce en voie de disparition.

Les trois hommes gardèrent le silence un petit moment.

– Je ressemble à tout le monde, dit enfin Tristan (cela avait d'ailleurs été une des raisons données par son ancienne compagne pour rompre avec lui).

– C'est ce que vous croyez. Nous sommes rarement conscients de ce que nous sommes. Et puis ce sont des détails que seules des analyses nous permettront de cerner. Il faut vous étudier.

Le directeur du musée d'Histoire naturelle toussa dans son poing. Manifestement il était gêné. Il informa Tristan (et sa voix devint fluette) que des caméras avaient été installées un peu partout dans son appartement, trois semaines auparavant. Même dans les toilettes, même dans la salle de bains ? Oui, même, et surtout là, avoua le directeur. Tristan manifesta un certain énervement. De quel droit l'avaient-ils ainsi espionné ? Le directeur comprenait son courroux. Mais ils n'avaient pas eu le choix. Il était nécessaire de mener les observations à son insu. Car s'il s'était senti observé, il aurait modifié son comportement. Tristan resta agacé, mais l'argumentation du directeur lui sembla fondée. Néanmoins il était mortifié à l'idée que les caméras aient enregistré les moindres gestes de son quotidien, les choses les plus privées et embarrassantes. Le directeur lui promit que ces images ne sortiraient jamais des archives du musée, et que seule une équipe d'éthologues et d'anthropologues les étudierait. Tristan eut la vision d'hommes et de femmes assistant à ses moments les plus intimes sur des écrans. Il rougit.

Le biologiste discourut longuement sur l'importance de collecter des informations aussi bien génétiques qu'anthropologiques, car elles pourraient aider les scientifiques à mieux comprendre l'espèce humaine et, qui sait, à imaginer de nouveaux traitements, des médicaments. Ces mots impressionnèrent Tristan. Ne craignant plus rien de grave, il pouvait écouter, d'une oreille favorable, les deux savants défendre leur noble cause.

Il demanda :

– Donc je possède une petite différence négligeable et c'est cela qui vous intéresse ?

Le biologiste et le directeur confirmèrent.

– Négligeable. Nous aimerions commencer les analyses dès aujourd'hui.

Tristan (qui votait à chaque élection, remplissait consciencieusement sa déclaration de revenus et veillait à respecter toutes les lois) accepta d'aider la science. Il téléphona à son travail pour prévenir de son absence ce jour-là et suivit les deux savants à l'hôpital. On lui préleva toutes sortes de tissus et de liquides, on lui fit faire des tests d'effort, des radios et des scanners, on observa ses yeux, ses dents, ses réflexes. Tristan fut un spécimen docile et plutôt amusé. Il avait une certaine fierté à être ainsi examiné. On mesura ses membres, on le pesa. Il ne fallait rien laisser au hasard. Il répondit à des questions orales (des électrodes posées sur le crâne), il remplit des dizaines de pages de questionnaires. À la fin, après qu'il fut rhabillé, les deux savants le remercièrent et lui serrèrent chaleureusement la main. Tristan pensa qu'il ne les reverrait plus jamais. Il quitta l'hôpital l'esprit léger.

Le soir même, des techniciens vinrent chez lui pour enlever les caméras et les micros.

Tristan reprit sa vie tranquille. Il n'était pas inquiet des résultats, après tout il ne souffrait d'aucune maladie, ce minuscule infléchissement à un endroit microscopique de son phénotype n'avait pas plus de sens et d'importance qu'un grain de beauté. Tout bien considéré, il n'était pas mécontent d'avoir, enfin, vécu une petite excentricité. Il aurait une drôle d'aventure à raconter à ses enfants.

Mais, deux semaines plus tard, le directeur du musée d'Histoire naturelle et le biologiste frappèrent à sa porte. Ils avaient perdu toute leur excitation. Leurs joues étaient grises, leurs yeux cernés. Ils paraissaient éreintés et déprimés. Le directeur du musée d'Histoire naturelle lui annonça que les résultats de l'étude de son comportement ne le distinguaient en rien des *homo sapiens* classiques. Le biologiste parla à son tour : les résultats en labo ne différaient pas de ceux d'un être humain commun. Certes ils l'avaient pressenti, mais ils avaient espéré que le signe de son appartenance au groupe *homo sapiens insularis* apparaîtrait autre part que dans son phénotype. Visiblement ils étaient déçus. Tristan, lui, était heureux de se trouver conforté dans une normalité dont il n'avait jamais vraiment douté. Les deux savants repartirent la tête basse, le pas traînant.

Le rythme régulier de l'existence de Tristan se réenclencha. Il travailla sur le décor de *Rigoletto*, améliora son crawl à la piscine, progressa à la trompette, se promena dans le parc Montsouris verdoyant. Il aimait le printemps. Il se laissait même aller à envisager de retomber amoureux.

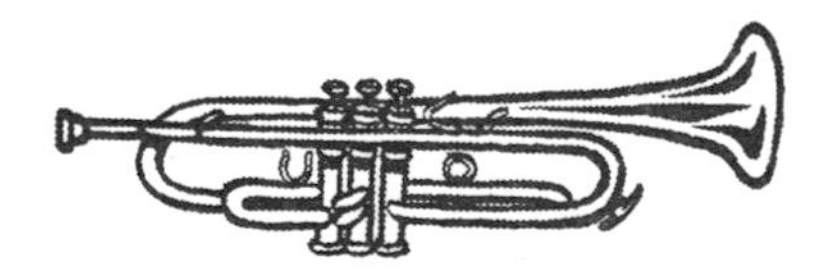

Une semaine après, à l'heure du petit déjeuner, les deux savants se présentèrent une nouvelle fois chez lui. Ils paraissaient ragaillardis. Ils entrèrent sans même attendre que Tristan les y invite. Celui-ci était encore en pyjama. Le directeur du musée d'Histoire naturelle sortit un document de la poche intérieure de sa veste. Il le mit devant les yeux de Tristan.

– C'est une victoire, dit-il. Vous êtes protégé.

– Pardon ? dit Tristan.

– Vous avez été ajouté à la liste des espèces protégées.

Tristan lut le papier et, effectivement, son nom était inscrit au *Journal officiel* parmi les noms de deux oiseaux morvandiaux, d'un reptile, d'un batracien et d'un scarabée racidivore. Pour l'occasion son prénom et son nom de famille avaient été latinisés.

Il dit :

– Je comprends, c'est symbolique.

Le biologiste bougea la tête de droite à gauche.

– Cela n'a rien de symbolique. Nous devons vous protéger. Nous devons vous préserver. Et l'État a mis des moyens à notre disposition pour assurer notre mission.

Il sortit son téléphone portable et parla tout bas. Dans la seconde, deux hommes imposants en costume apparurent.

Le biologiste fit les présentations.

– Ces messieurs font partie du ministère de l'Environnement. Ils garantiront votre protection.

– Mais, dit Tristan, personne ne veut me faire de mal.
– On ne sait jamais, dit le biologiste. Cela arrive tous les jours, il y a des meurtres et des accidents tout le temps.
– D'autant plus, enchaîna le directeur du musée d'Histoire naturelle, que votre classification dans la liste des espèces menacées risque d'attirer les curieux et les amateurs de raretés. Sans parler de ceux qui vous prêteront des vertus médicinales ou aphrodisiaques, ou du moins à certaines parties de votre corps réduites en poudre ou préparées en onguent. Comme vous êtes exceptionnellement rare, vous êtes précieux. Vous êtes donc en danger.

En y repensant par la suite, Tristan data de cet instant sa perte de contrôle sur son existence. Il y eut du brouhaha, des bousculades, un enchaînement d'événements si rapide qu'il fut abasourdi et incapable de la moindre réaction.

Les deux savants avaient prévenu les médias. Les journalistes du monde entier voulurent le rencontrer. Lors d'une conférence de presse, les « découvreurs » répondirent aux questions sur la particularité génétique et l'origine géographique de ce spécimen exceptionnel (une carte était affichée derrière eux). Les journalistes insistèrent auprès de Tristan pour qu'il dise combien il se sentait différent des autres hommes. Mais Tristan ne se trouvait pas différent (les analyses biologiques et éthologiques l'avaient d'ailleurs confirmé). Pourtant, par politesse, pour ne pas décevoir leurs attentes, il admit qu'il se sentait un peu bizarre. On le prit en photo et on le filma.

Bientôt, des touristes attendirent Tristan en bas de chez lui pour le photographier et le toucher. Certains lui apportaient même des paniers de potirons (il avait eu le malheur de dire à un journaliste, pour plaisanter, qu'il aimait beaucoup les potirons, alors tout le monde en avait conclu qu'il se nourrissait exclusivement de ces cucurbitacées). Le nombre de curieux suivit une courbe exponentielle et Tristan comprit alors l'utilité des deux gardes du corps qu'on lui avait attribués. Il avait l'impression d'être une star, mais sans en avoir le talent (ni la fortune). Ses sentiments étaient mitigés face à ce qui lui arrivait. Tout cela le dérangeait et l'irritait, mais malgré tout, à force de s'entendre dire qu'il était rare et précieux, il en avait conçu une certaine fierté.

Pour à la fois respirer un peu et satisfaire sa curiosité, Tristan se rendit au musée d'Histoire naturelle du Jardin des Plantes. Il avait pris soin de mettre des lunettes noires et une casquette pour qu'on ne le reconnaisse pas. Il chercha le bras dont le directeur lui avait parlé. Il le découvrit au deuxième étage, à côté de la section consacrée à l'homme de Neandertal. C'était un bras gauche conservé dans un bocal de formol. Tristan le regarda longuement. Il ne se sentait aucune affinité avec ce morceau d'ancêtre. C'était aussi banal qu'un bras humain. Sur le chemin du retour, Tristan pensa qu'il risquait un jour de finir dans ce musée, empaillé ou embouteillé. Cela le glaça. Pour la première fois il prit conscience de son statut d'individu unique et du fait qu'il était un peu plus que celui qu'il avait été jusque-là. Le poids de la responsabilité s'abattit sur ses épaules. Cette unicité lui était pesante.

Les deux savants prenaient leur rôle très à cœur. Ils étaient à l'origine de l'emballement médiatique et de l'arrivée de cohortes de touristes, mais ils déploraient cette foule qui abîmait et souillait le biotope de Tristan (c'est ainsi qu'ils nommaient son immeuble et ses abords). Il était de leur devoir de préserver son habitat naturel. On posa des grilles autour de l'immeuble et on installa des caméras de surveillance. Tristan avait le sentiment d'habiter une place forte. Quand il se présenta à son travail, à l'Opéra, son patron lui annonça qu'il avait reçu l'ordre de mettre fin à son contrat. Une commission de spécialistes en sciences naturelles avait décrété qu'il n'était pas suffisamment en sécurité dans cet environnement et qu'il devait rester chez lui. Ainsi la vie de Tristan se concentra-t-elle dans son appartement et le petit jardin de l'immeuble. Un médecin occupa un appartement à côté du sien. En cas de maladie ou d'accident, il serait ainsi immédiatement pris en charge. Il ne fallait surtout pas que quelque chose lui arrive.

Maintenant Tristan se sentait spécial. Il se sentait surtout spécialement triste et prisonnier. Il commença à manger en dehors des repas et à grossir, à regarder la télévision des heures durant. Il sombrait dans la dépression. Il abandonna l'étude de la trompette. Le médecin lui prescrivit des antidépresseurs. Même s'il perdit en tonus et en joie, il alla rapidement mieux.

Les jours se succédaient, semblables. Dès qu'il se mettait à sa fenêtre, les flashes des photographes se déclenchaient. Des potirons étaient déposés chaque jour devant les grilles (certains étaient même lancés et s'écrasaient dans le jardin, sur l'allée ou la façade).

Une nuit, il entendit gratter à sa fenêtre. Il l'ouvrit. Une sorte de singe se faufila chez lui. Tristan fut sur le point d'appeler à l'aide, mais l'être simiesque lui intima l'ordre de se taire et alluma une petite lampe torche. Tristan découvrit un homme très chevelu et barbu, portant des vêtements amples ; il avait un pendentif orné du symbole de la paix. C'était un hippie et il sentait l'encens.

Il chuchota :

– Je suis venu vous délivrer de ce zoo.

Tristan eut peur. Il ne savait pas s'il voulait être secouru. Après tout, le monde extérieur était devenu synonyme de danger. Il pouvait être capturé par de riches collectionneurs ou par des agents travaillant pour des pays étrangers où des médecins le disséqueraient sans aucune pitié. Mais sa vie actuelle n'était qu'ennui et prise de poids. Saisi d'un salvateur sursaut d'individualité, il suivit le hippie. Ils descendirent une échelle et se glissèrent entre les barrières, les potirons et les voitures. Une camionnette les attendait, toutes lumières éteintes. Le hippie guida Tristan à l'intérieur par la porte arrière. Ils roulèrent pendant plusieurs heures. À l'aube, ils arrivèrent au bord d'une plage de la côte atlantique. Un petit groupe les accueillit sur le sable. Ils se tombèrent tous dans les bras. Ce fut un moment intense. Tous avaient une attention, un mot gentil pour Tristan. Cela faisait des semaines qu'il n'avait pas été traité ainsi. Comme quelqu'un de normal.

Une jeune femme aux longs cheveux blonds dit à Tristan :

– Tu es libre.

Tristan était ému. Il pouvait marcher à sa guise, lever les yeux au ciel, exister sans être la proie de photographes ou de touristes. Il se retrouvait. Ces gens avaient l'air sympathiques, ils ne désiraient pas l'étudier, l'ausculter, l'épier sans cesse. Certains allumèrent des joints, d'autres débouchèrent des bouteilles de vin. Il y avait à manger (mais pas de potirons, nota Tristan avec soulagement). L'ambiance était festive.

Une heure plus tard, un bruit de moteur attira l'attention de Tristan. Du large, un bateau approchait. Il s'arrêta à une cinquantaine de mètres de la plage. Deux hommes mirent un Zodiac à l'eau. L'un d'eux sauta dedans et accosta sur la plage. Il avait des dreadlocks. Sur sa poitrine, il avait accroché des badges défendant diverses causes écologiques et politiques. L'homme prit Tristan par la main et le fit monter dans le

Zodiac. La jeune femme blonde s'installa à ses côtés et se serra contre lui. C'était très agréable. Les autres les rejoignirent.

– Où allons-nous ? demanda Tristan.

Ses nouveaux amis lui sourirent, mais ne répondirent pas. Peu importait, Tristan était heureux de s'éloigner de son ancienne vie d'animal en cage. Ils grimpèrent dans le bateau. Puis deux des jeunes hommes remontèrent le Zodiac à bord.

Le voyage dura un peu plus de deux heures. Tristan n'eut pas le mal de mer. Il prit plaisir au roulis, aux éclats des vagues et au vent. Il respira l'air marin.

Ils abordèrent dans une île. Il y avait des arbres et des prairies, ainsi que des vestiges de constructions en granit qui devaient dater de la préhistoire. Tristan courut sur la plage. Il revivait. L'endroit était calme et apaisant, l'air chargé de sel et des parfums de la lande.

Tristan suivit ses camarades. Ils empruntèrent un sentier qui montait vers le point culminant de l'île. Tristan put enfin découvrir le paysage. C'était magnifique et absolument exempt de toute présence humaine. Seule une modeste maison en bois trônait en haut de la colline, vers laquelle ils se dirigèrent. Tristan pensa que c'était peut-être un petit restaurant typique. Cela tombait bien, il avait encore faim.

Tout le monde se rassembla devant la porte. L'un après l'autre, les hommes et les femmes serrèrent la main de Tristan. Celui-ci ne comprit pas ce qui se passait. Enfin l'homme qui l'avait délivré de son appartement le serra contre sa poitrine et lui dit :

– Tu es de retour chez toi.

– Chez moi ? dit Tristan.

– Oui, dit l'homme. Nous t'avons réintroduit dans ton milieu naturel. Ta place est ici.

Il sourit avec tendresse et partit. La jeune femme aux cheveux longs déposa un baiser sur les lèvres de Tristan, et elle aussi s'en alla, suivie du petit groupe des amis de la nature. Il n'y avait plus personne. Le goût de la jeune femme disparut peu à peu de sa bouche.

Le vent se levait, balayait les herbes hautes et les feuilles des arbres qui bruissaient. Des sternes et des mouettes volaient au bord de l'océan, leurs ailes blanches déployées, planant, de temps en temps plongeant. Tristan aurait voulu courir, s'enfuir. Mais pour aller où ? Il se tourna, se retourna. Il se plaqua contre la porte de la petite cabane. Une mouette cria si fort qu'il en eut mal aux oreilles. Tristan regarda tout autour de lui, soudain les oiseaux lui parurent effrayants.

Il était seul sur cette île. Le dernier de son espèce.

Vocation pour une occupation perpétuelle

Le bureau du conseiller de l'agence pour l'emploi est encombré de dossiers ; il y en a sur les étagères, sur le bureau et jusque sur le sol ; néanmoins tout est ordonné et impeccable. On frappe. Un jeune homme entre. Il se présente, il s'appelle Marc. Il est habillé en survêtement, ses cheveux sont ébouriffés et il a une barbe de trois jours. Après l'avoir invité à s'asseoir, le conseiller ouvre une chemise en carton. Il regarde Marc et, sur un ton sec teinté de commisération, dit :

– J'ai bien lu votre dossier. Je suis navré, mais vous ne correspondez pas au profil.

Le jeune homme baisse la tête et murmure :

– Tout le monde n'arrête pas de me le dire.

Le silence s'installe, le conseiller laisse à Marc le temps d'accepter la nouvelle. Dans un instant il va se lever, lui serrer la main et lui souhaiter bonne chance. Mais Marc n'est pas décidé à abandonner :

– Je *sais* que je pourrais apporter quelque chose de nouveau à ce poste.

– Je ne vois pas ce qu'on ferait de quelque chose de nouveau, alors que le classique fonctionne.

– Je peux donner de la fraîcheur.

– Il ne s'agit pas d'un emploi d'hôtesse d'accueil. La fraîcheur je n'en ai rien à faire. (Le conseiller observe Marc, longuement, et ajoute.) En plus vous êtes vraiment blanc. Avec des reflets roses.

Marc est embarrassé.

– C'est parce que je n'ai pas mangé ce matin. D'habitude, j'ai presque l'air basané. Ça dépend beaucoup de la lumière.

– Ce n'est pas frappant. Vos cheveux sont raides et souples. Les lèvres minces. Petit nez. Yeux bleus.

– Mes yeux ne sont pas bleus.

– On dirait qu'ils le sont.

– Tout le monde fait l'erreur. Si vous regardez attentivement, vous verrez qu'ils tirent presque sur le gris. Un gris métallique. Glacé.

Le conseiller n'est pas convaincu, il a l'habitude de ces candidats qui contestent.

– Quoi qu'il en soit, vous êtes beau. Et puis, votre nom sonne très très français.

– Il paraît qu'il y a des Roms dans ma famille.

– Cela jouerait en votre faveur. Mais il faudrait me donner des preuves. Si vous saviez le nombre de personnes qui prétendent être Tziganes...

Le jeune homme baisse les yeux. Il se sent écrasé. L'institution a des exigences contre lesquelles il paraît vain de lutter.

– J'ai toujours rêvé de faire ça, dit-il.

– Il faut savoir renoncer à ses rêves. Le marché de l'emploi étant ce qu'il est, il s'agit d'être pragmatique. Et votre CV est vide. Je n'engage que des gens qui ont de l'expérience.

– Il faut bien commencer un jour.

– Évidemment, mais pas à un niveau si élevé.

Le conseiller est un professionnel qui a l'habitude de recevoir les gens désespérément à la recherche d'un emploi. Il n'est ni une assistante sociale ni un psy, mais sa fonction exige un semblant d'attention et d'écoute.

– Pourquoi voulez-vous être coupable ? demande-t-il. Il y a des métiers plus prestigieux.

– J'ai toujours voulu l'être. Depuis que je suis enfant, quand je regarde un film, je m'identifie au condamné derrière les barreaux de la prison ou assis sur la chaise électrique. Mes amis avaient pour héros des policiers ou des bandits, des personnages qui s'en sortaient, qui avaient quelque chose de romantique. Moi, c'étaient des hommes qui avouaient des meurtres atroces. Je me sens prêt. Je me suis beaucoup entraîné. J'ai vu des documentaires et des reportages. J'ai lu des études sur le sujet. J'ai même acheté un survêtement et des chaussures de sport.

– Le costume, ça va, reconnaît le conseiller.

Marc retrousse sa manche.

– Et j'ai un tatouage.

Une tête de mort est tatouée sur son bras gauche.

– Vous avez fait beaucoup d'efforts. Mais ce n'est pas qu'une affaire d'apparence. Vous n'avez même pas de casier judiciaire. Comment vous êtes-vous débrouillé ?

– Je n'ai pas eu de chance.

Le regard de Marc est empreint d'une profonde tristesse ; il n'aurait jamais pensé que ce serait si sélectif. Le conseiller prend une fiche cartonnée et la montre à Marc.

– J'ai un seul emploi de coupable à proposer, et il y a déjà beaucoup de candidats. À une époque, je devais chercher pendant des mois pour en trouver un. Mais aujourd'hui, avec la crise, ce ne sont pas les postulants qui manquent. Et, malheureusement, il n'y a pas assez de crimes pour satisfaire tout le monde. Je n'y peux rien. Les décisions ne se prennent pas à mon niveau. Mais revenons à votre dossier. (Il lit.) Ah, oui. Vos tests psychologiques ne sont pas bons. Le psychiatre n'a détecté aucun problème particulier. À peine une banale tendance à la nervosité.

– Je ne savais pas, dit Marc.

– L'expertise graphologique dénote une personnalité équilibrée.

– Ça dépend des jours. Si j'avais passé le test le lendemain, je suis sûr que les résultats n'auraient pas été les mêmes.

– La graphologie n'est pas une science exacte, mais ça confirme les autres éléments de votre dossier. Je n'avais pas remarqué l'adresse. C'est votre adresse personnelle ?

– Je vis chez mes parents.

– Une telle adresse vous exclut tout de suite. Je ne veux pas faire du racisme de classe, mais, manifestement, vous venez d'un très bon milieu. Il n'y a qu'à voir vos ongles impeccables. C'est un détail qui ne trompe pas. Un jury ne remarque pas ces petites choses, mais inconsciemment il ne rate rien et additionne tous les faits, aussi minuscules soient-ils. Et ça, ça fait pencher la balance.

– Je suis sûr d'être à la hauteur.

– Vous nous faites perdre notre temps à tous les deux. Je peux vous proposer une formation dans le multimédia. Ça marche très fort, l'informatique.

– Laissez-moi une chance de vous convaincre.

Le conseiller a déjà commencé à ranger les feuilles dans le dossier de Marc.

– S'il vous plaît, dit Marc.

Le conseiller soupire.

– D'accord. Il me reste quelques minutes avant le prochain rendez-vous. Bien. Vous voulez être coupable, vous en rêvez depuis que vous êtes enfant, c'est très touchant, mais encore ? Qu'est-ce qui vous motive ?

– Premièrement, il y a la sécurité de l'emploi. Quand on est coupable, on le reste. Surtout pour un crime. C'est comme être fonctionnaire. On ne peut pas retirer la culpabilité une fois qu'elle a été reconnue.

– Attention. Les deux statuts diffèrent sur plusieurs points. Un coupable n'a pas de congés payés, pas de retraite, pas d'arrêt maladie, pas de droit de grève. Il faut que vous le sachiez.

– Oui, je sais. Ça me va.

– Je ne veux pas de revendications, pas de protestations.

– Ce n'est pas mon genre.

– On dit ça.

– Regardez mon dossier scolaire : je n'étais pas indiscipliné.

Le conseiller prend un dossier dans la chemise, l'ouvre et le feuillette.

– En effet.

– Ensuite, mes parents n'étaient pas très sécurisants, et j'ai besoin de stabilité. On peut être licencié de son travail, quitté par sa copine, alors qu'on est coupable pour toujours. Si je croyais en l'existence de Dieu, ce serait plus simple, je ne serais pas là devant vous. J'ai besoin de quelque chose de supérieur à moi, qui me définisse. À une autre époque j'aurais pu être nationaliste, mais avec l'Europe ce n'est plus possible. La société m'apparaît comme un immense désert dénué d'oasis. Il n'y a plus aucune idéologie à laquelle adhérer. Seule la culpabilité est encore pure et ne se renie pas.

Sensible aux mots de Marc, le conseiller se détend, il commence à le trouver sympathique.

– Et cela restera vrai tant que les psys et les sociologues ne s'en mêleront pas, dit-il. Admettons que vous ayez le poste. Il s'agit de tenir le coup. Qui me dit que vous n'allez pas craquer ? Et si, en plein tribunal, vous en avez assez et décidez de ne plus être coupable ?

Marc est dépité par la dureté du conseiller. Il se sent tellement destiné à cette fonction.

– Si j'avais un nom arabe, dit-il, vous m'auriez engagé.

– Peut-être. Je ne vais pas vous mentir. Avec cette mode de la discrimination positive dont les médias ne cessent de parler, n'importe qui pense avoir le droit de devenir n'importe quoi. C'est un point de vue naïf. L'ascenseur social ne fonctionne plus. Il ne monte pas, il ne descend pas.

– Chacun devrait avoir sa chance.

– Certes. Dans une société idéale.

– Mais… vous pouvez… vous avez le pouvoir, je veux dire, vous êtes à un poste décisionnel, alors vous pouvez infléchir le cours des choses.

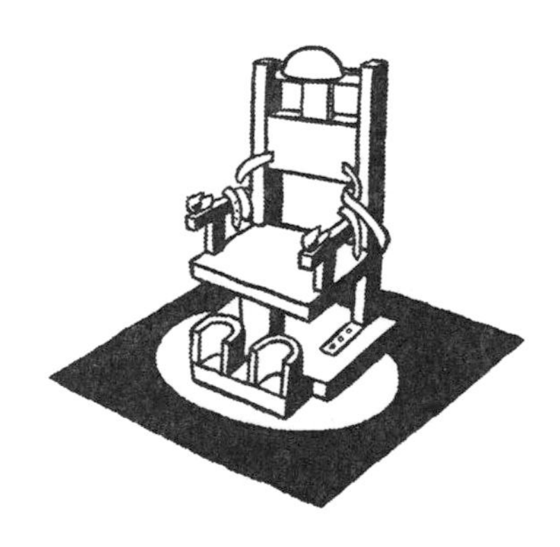

– Votre cause m'est très sympathique, mais de là à me faire prendre des risques... Avez-vous été un enfant battu ?

– Je ne me souviens pas.

– Vous ne m'aidez pas beaucoup.

– Peut-être que j'ai refoulé des violences.

– Si les médias découvraient en plein procès que vous avez eu une enfance heureuse, c'est moi qui en subirais les conséquences.

– Je peux mentir. Inventer. Dire que j'ai subi des attouchements, que j'étais une tête de Turc, que les filles se moquaient de moi. Personne ne le saura. Je peux dire que je tuais des animaux juste pour m'amuser. On ne pourra pas vérifier.

Le conseiller se penche en avant, visiblement cela l'intéresse.

– Quels animaux ?

– Des chats. Non, des petits chats. Des chatons.

Le conseiller note les réponses de Marc, il sourit avec gourmandise.

– Parlez-moi de votre famille.

– Ils acceptent mal ma vocation. Ils auraient préféré que je me dirige vers un métier plus chic. Ils ne me comprennent pas. Nous ne nous adressons presque plus la parole. Ça finit toujours en dispute. Ils s'inquiètent pour moi. Je leur dis que j'aurai un toit et une occupation, de quoi manger et un environnement stable. Mais ça ne leur plaît pas. Ils sont très conservateurs.

– Les parents ne conçoivent pas ces choses-là.

– Ils ont eu leurs idéaux, la liberté sexuelle, l'engagement gauchiste, le retour à la nature. Mais ils refusent que, moi, je vive mes rêves. Ils voudraient que je mène une vie normale et bornée.

– Et vous voulez échapper à cette fatalité sociale.

– Oui, fuir ce destin déjà tracé.

– C'est courageux de quitter les rails. Mais pas sans risques. (Il pointe un doigt accusateur vers Marc.) Je connais les gens comme vous. Vous êtes du genre à vous suicider en cellule.

Marc est indigné. La remise en cause systématique de sa bonne foi et de ses aptitudes le blesse.

– Je n'ai pas de tendances suicidaires. Le psychiatre m'a abondamment questionné là-dessus.

– Vous n'avez pas de tendances suicidaires dans l'appartement de vos parents. Il peut en être tout autrement dans une cellule de dix mètres carrés.

– Non, non, non. J'ai fait beaucoup de spéléo quand j'étais jeune. J'ai joint mes certificats de stage (il pointe son dossier du doigt).

Le conseiller regarde des papiers dans le dossier.

– Je vois ça.

– Je me suis aussi entraîné chez moi. J'ai vécu pendant une semaine dans un placard. Ça s'est bien passé.

– Votre ténacité est remarquable. Mais être coupable, cela ne s'improvise pas. Il faut toute une enfance pour s'y préparer. Des vexations, la pauvreté, des tares, des parents violents et incultes.

Cette phrase irrite Marc. L'injustice sociale est gigantesque.

– Il y a des riches en prison, dit-il.

– Il paraît. Honnêtement, pour moi, ça reste de la théorie. En pratique, ce sont des anomalies statistiques.

– Je serai l'exception qui confirme la règle.

– Ah, oui. La fameuse exception. Sans vouloir vous offenser, j'ai l'impression que vous êtes le jouet d'un malentendu, j'ai le sentiment que vous vous sentez coupable, et non que vous souhaitez *être* coupable. Ce n'est pas la même chose. La justice n'est pas là pour satisfaire vos névroses.

Marc se lève brusquement. Il est en colère. Mais son emportement cadre mal avec ses bonnes manières.

– Et si je casse tout dans ce bureau ? Et si je vous blesse ? Et si je vous tue ?

– Me tuer ne fera pas de vous un coupable. Les gens comme vous, on leur donne un certificat médical et hop direction l'hôpital psychiatrique. Vos parents ont de l'argent, vous avez fait des études brillantes.

Marc se rassoit, résigné.

– Je ne voulais pas. J'étais bon élève, alors les professeurs et mes parents m'ont forcé.

– Postulez pour être coupable d'un crime en col blanc. Un délit financier vous irait à merveille. Ça correspondrait parfaitement à votre formation. Détournement de fonds publics, évasion fiscale…

– Non ! On ne les condamne à rien ces gens-là. De la prison avec sursis. Je ne veux pas. Je ne veux pas, vous comprenez ? Je veux la perpétuité et la réprobation générale. La haine des braves gens et les menottes. Les articles dans les journaux et les flashes des photographes. Je veux la petite cellule, la promiscuité, la drogue, les douches collectives, les années qui passent et se ressemblent. La camaraderie entre prisonniers.

Impressionné par cette profession de foi, le conseiller envisage désormais la candidature de Marc.

– Vous connaissez l'intitulé du poste à pourvoir. Vous savez de quel crime il s'agit.

Marc récite :

– Vol suivi de meurtre sur personne vulnérable.

– En vous regardant, je n'y crois pas une seconde.

– Je peux me laisser pousser la barbe. Mettre des lentilles sombres.

– Vous *devez* être condamné. Ici, on sélectionne, on ne prend que des gagnants. Pas question que le jury vous acquitte. Si le procureur était obligé d'aller en appel, ça serait une catastrophe. Vous ne pouvez pas imaginer la fortune que ça coûterait à l'État.

– Je ne vous décevrai pas.

– La conscience professionnelle devient une denrée rare.

– Et puis la famille de la victime sera contente si elle voit que je n'ai pas de remords.

– Ah là, vous m'intéressez...

– Je serai sans remords et sans circonstances atténuantes. J'offrirai l'opportunité de la haine à la famille. Ils ne trouveront rien en moi pour me pardonner ou me comprendre. Je revendiquerai ma barbarie.

– Il n'y a rien de pire que les coupables qui apitoient. Vous avez parfaitement saisi la chose.

– Merci, monsieur.

– Maintenant laissez-moi vous poser des questions que l'on vous posera au tribunal.

Marc se redresse sur son siège, il ajuste le col de son survêtement.

– Pourquoi avez-vous tué cette dame ?

– Je voulais voler ses bijoux.

– Bien vu, les vieilles ont toujours des bijoux.

– Et ses dents en or. Je les ai arrachées.

– N'en faites pas trop quand même. De toute façon, elle avait un dentier.

– J'avais oublié.

– Ah, mais c'est important. Je ne veux pas qu'une association de défense des droits de l'homme s'engouffre dans une faille et vous transforme en Dreyfus malgré vous.

– J'étudierai le dossier. Je l'apprendrai par cœur. Je serai le meilleur des coupables.

Le conseiller se balance sur sa chaise. La passion de Marc, son application, son civisme, son désir de servir la communauté, tout cela l'impressionne. Souvent les coupables ne sont pas à la hauteur, ils se cherchent des excuses ou font preuve de dilettantisme. Il regarde Marc dans les yeux.

– Je crois que nous allons nous entendre.

Il tend la main à Marc. Celui-ci se lève et serre la main du conseiller.

Le conseiller est satisfait, il n'aura pas à faire passer d'autres entretiens. Il est sûr que Marc sera un coupable idéal pour le restant de ses jours. Marc, lui, est ému d'avoir été choisi. Il pense qu'il a eu raison de se battre et que lorsqu'on veut vraiment quelque chose, on finit toujours par l'obtenir.

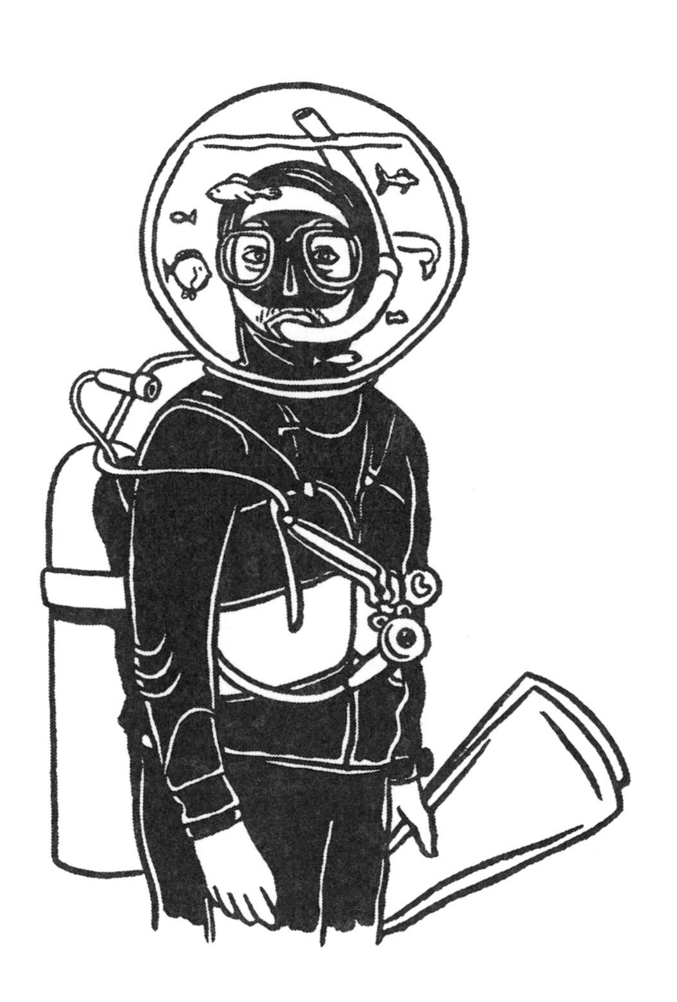

À l'intérieur de moi-même

J'ai emménagé il y a une semaine. Je n'ai pas pris beaucoup d'affaires : des vêtements, des livres, un peu de vaisselle, un vieux fauteuil en cuir. Il y avait de la place pourtant. Mais c'était déjà équipé : un lit pour dormir, une bibliothèque. Je n'ai besoin de rien d'autre. J'ai fait le déménagement tout seul et en pleine nuit. Je voulais rester discret. Pendant trois ans ma copine et moi avons vécu dans un bel appartement sur cour près de la mairie du Xe. Nous avions passé les deux premières semaines à le repeindre, à poser des étagères et à le décorer ; il avait fini par ressembler à l'appartement de nos rêves. Finalement j'ai été le premier à me rendre compte que nos caractères ne s'accordaient pas. Je suis parti. Elle a voulu connaître ma nouvelle adresse (pour me faire suivre mon courrier et peut-être parce qu'elle espérait pouvoir tenter quelque chose pour que l'on se remette ensemble). Je la lui ai donnée. Au début, elle ne m'a pas cru. Elle pensait que j'avais quelqu'un d'autre dans ma vie. Je lui ai juré que ce n'était pas le cas, mais elle a éclaté en sanglots. Je l'ai rassurée.

– Tu sais où j'habite maintenant, appelle-moi un de ces jours, on ira boire un verre quelque part.

Mes amis se sont inquiétés pour moi. Ils ne trouvaient pas l'idée très bonne. Ils m'ont demandé si je n'avais pas plutôt envie de vivre en colocation ; certains m'ont même proposé un canapé-lit dans leur salon. Leur détermination à me convaincre de ne pas résider à l'intérieur de moi-même était pesante et peu amicale. Je ne les comprends pas. Les gens ne supportent pas que l'on vive différemment, surtout si l'on s'offre une liberté qu'ils s'interdisent. Ils n'en étaient pas conscients sans doute, mais il y avait de la jalousie dans leur réaction.

Je me suis installé, j'ai fait le ménage et du rangement. Très vite, je me suis senti à l'aise dans mon nouvel habitat. Pour la première fois j'avais le sentiment d'être chez moi. Depuis que j'habite à l'intérieur de moi-même, j'ai beaucoup gagné en temps de transport. Ce n'est pas négligeable, cela me permet de faire des tas d'autres choses : apprendre le chinois, jouer du luth, faire du yoga, réussir (enfin) la recette du soufflé. Je n'ai pas de voisins proches. Aucun risque donc de tapage nocturne, pas d'échanges poussifs de politesse devant la boîte aux lettres. J'ai l'impression de vivre à la campagne, dans une vaste demeure entourée par la nature. Mon sommeil est sans heurts, la vie s'écoule lentement ; je me sens comme en retrait du monde, lointain, posant un regard tranquille et tendrement ironique sur l'agitation de la société. Je suis guéri de l'obligation de dépenser mon énergie à des futilités.

Habiter à l'intérieur de soi-même n'a qu'un défaut : il n'y a pas de sortie de secours. Si jamais il y a un incendie, je suis quasiment certain de finir carbonisé. Mais au moins je mourrai dans un lieu que j'aime et qui a du sens. J'aimerais, alors, qu'on m'enterre dans ce qu'il restera de moi ou, mieux encore, que l'on m'incinère avec mes propres décombres et que l'on disperse les cendres dans l'océan.

Je vis seul à l'intérieur de moi-même. Je n'invite jamais personne. En général, je prends un verre au café du coin avec mes amis de passage. Beaucoup de gens désirent rentrer et voir à quoi ça ressemble, comment j'ai tout agencé. Mais je ne veux pas. Si quelqu'un venait, ça mettrait du désordre. Cela dérangerait l'équilibre que j'ai construit. Je tiens à mon intimité. Et puis si jamais j'autorise quelqu'un à entrer, il ou elle pourrait s'y plaire. Je ne veux héberger personne.

Je ne sors pas beaucoup. Quand je me risque à le faire, je me couvre et je suis très prudent : il fait froid dehors et tout y est très compliqué ; les agressions sont constantes. Vraiment il est trop difficile d'habiter à l'extérieur. Je me demande comment j'ai tenu le coup toutes ces années. Ici je suis bien, il fait toujours bon et rien ne peut m'arriver. Quand je suis pris de panique, j'ai un endroit où me réfugier. C'est très rassurant. Je ne crains pas les cambrioleurs : je suis toujours là, il y a de la musique et la nuit une veilleuse reste allumée. Je ne me laisserai pas faire si quelqu'un essaye d'entrer.

Mon domicile a tous les atouts dont on peut rêver. Je ne peux pas être expulsé car je n'ai pas de loyer à payer. Pas besoin d'électricité (la lumière y est naturelle, je peux en user à ma guise) et j'ai l'eau courante. Comme je suis assez bricoleur, je change régulièrement des choses en moi : je déplace des meubles et redonne un coup de peinture, je pose d'autres étagères pour la bibliothèque ; j'ai aménagé un coin pour la chaîne hi-fi et fixé une tringle pour suspendre mes chemises et mes vestes. Je pense créer une nouvelle pièce, qui sera mon bureau. J'ai déjà deux alcôves dédiées à mes archives. J'aime cette idée de pouvoir m'agrandir au fil des ans.

Si tout le monde habitait à l'intérieur de soi-même je suis persuadé que la vie serait plus agréable. Il n'y aurait plus de guerre. Chacun serait maître chez soi. Les frontières ne seraient pas sujet à débats, car ce serait celles de nous-mêmes. Un peuple ne pourrait pas dire à un autre peuple : « Cette main qui se trouve au bout de ton bras m'appartient. » Les choses existantes seraient sûres et incontestables.

Quand je retomberai amoureux un jour, il faudra que ma fiancée m'accepte comme je suis. Je ne compte plus déménager. Bien sûr je lui conseillerai de suivre mon exemple et d'habiter à l'intérieur d'elle-même. Mais elle voudra sûrement que l'on s'installe dans un appartement et je me demande si, vivant à l'intérieur de moi-même, je pourrais en plus vivre dans un appartement avec une femme. Cela serait comme habiter deux endroits en même temps. Pourquoi pas, après tout. Cela me rappellera la tente que je montais dans ma chambre quand j'étais enfant. En tout cas, hors de question qu'elle emménage avec moi à l'intérieur de moi-même. Que ferons-nous quand nous aurons des enfants ? Ils ne pourront pas vivre à l'intérieur d'eux-mêmes, il faut être adulte pour faire un tel choix. Alors ils seront avec nous dans l'appartement. Au moins ils seront éduqués par quelqu'un qui est heureux de vivre à l'intérieur de lui-même. Je serai un bon exemple.

Je suis bien plus proche des autres depuis que je vis à l'intérieur de moi-même. La conscience de mon insularité m'a permis de réaliser qu'il est nécessaire de construire des ponts pour aller vers autrui ; qu'il n'y a rien de naturel ni d'évident. Ce n'est pas parce que l'on habite le même monde que l'on peut se comprendre et être proches les uns des autres. Au contraire. Les gens qui pensent ainsi se trompent.

Il y a des zones d'ombre à l'intérieur de moi-même et cela m'effraye. J'ai peur de ce qu'elles renferment, je crains de m'y perdre. Mais comme je suis curieux et aventureux, je les explore doucement, pas à pas, avec une lampe de poche et mon appareil photo. Je fais des découvertes : des choses oubliées, qui me reviennent en mémoire quand je les vois, des choses inédites aussi, qui me surprennent. J'ai ainsi retrouvé des jouets d'enfance, des vieux meubles, des fruits en bocaux et des animaux empaillés, des nounours et des vêtements poussiéreux, des armes (revolver, fusil de chasse, piège à loup, dague) et des fioles contenant des liquides vert, mauve et rouge, des photos jaunies, des mannequins en plastique vêtus d'habits démodés, des coquillages et des pièces en or dans une boîte en fer.

Habiter à l'intérieur de soi-même, c'est à la fois vivre dans un lieu familier et côtoyer l'étrangeté. Il n'y a pas de ciel, pas d'horizon, cela ne paraît pas très grand et pourtant il n'y a pas de limites. Je ne veux pas dire que j'y suis confronté à l'infini, mais, plutôt, que l'espace s'étend au gré de mes pas. Mon domicile dépend de mes explorations.

Le soir, après avoir essuyé mes pieds sur le paillasson, j'entre et j'enlève mes chaussures ; je me prépare un thé et je m'installe dans mon bon vieux fauteuil en cuir avec un livre. Immédiatement mes épaules se relâchent. Je suis ici chez moi ; et je ne fais que commencer à entrevoir ce que cela signifie.

La fuite animale

Tout commença par les insectes. En raison de leur taille on mit du temps à s'apercevoir de leur disparition. Personne n'y avait prêté attention. Et ceux qui avaient à en subir les assauts, ceux qui luttaient contre les cafards dans leur cuisine, contre les mouches et les fourmis, se réjouirent de cette accalmie inespérée. Les seuls à s'inquiéter furent les exterminateurs professionnels. Du jour au lendemain, ils ne reçurent plus aucun appel ; leur gagne-pain s'était volatilisé. Au bout d'une semaine, le président du syndicat qui les représentait alla déposer plainte au commissariat. Il portait un costume de flanelle noir et une cravate de soie verte, les talons de ses chaussures claquaient sur le sol ; les traits soucieux, il était plein du sérieux de ses responsabilités. Non sans emphase, il expliqua la tragédie qui frappait sa profession. Mais aucun policier n'accepta d'enregistrer sa plainte. On se moqua de cet homme ridicule et de ses cafards égarés.

C'est le bruit des éclats de rire qui m'a fait sortir de mon bureau. J'ai demandé à l'homme de me suivre. J'avais besoin de m'occuper l'esprit, c'était l'anniversaire de la mort de V* et elle me manquait comme jamais. Le matin même j'étais allé me recueillir sur sa tombe. Il y avait des feuilles sur le marbre ; je les avais balayées de la main. Le bouquet que j'avais laissé la dernière fois était fané, je l'avais remplacé par des fleurs fraîches. J'étais retourné au commissariat avec l'espoir d'hériter d'une enquête suffisamment obnubilante pour ne plus penser à mes propres obsessions. Le travail est l'antidote au chagrin et depuis quatre ans je suivais une posologie particulièrement lourde : je me précipitais sur chaque nouvelle affaire, j'arrivais le premier le matin et, le soir, j'étais le dernier à partir, avec souvent des dossiers sous le bras à finir chez moi, devant un film.

De sa mallette, le président du syndicat a sorti des lettres, des fax, des notes venant de la soixantaine de petites entreprises d'extermination de la ville. Il parlait de vol et de complot commercial. Je doutais que quelqu'un fût intéressé par une telle contrebande ; et puis il était matériellement impossible de dérober des millions de cafards, c'était absurde. Mais ce brave homme, outré et fulminant, tenait à sa conspiration. Pour constater les faits, je l'ai prié de me conduire sur les lieux habituellement infestés.

L'immeuble était en mauvais état. La façade avait été ravalée pour cacher la décrépitude intérieure. Il fallait composer un code pour entrer, mais la porte aurait cédé sous un coup d'épaule. Le président du syndicat m'a montré les coins où les cafards pullulaient il y a encore une semaine. Il avait laissé un morceau de pain la veille, qui n'avait pas été entamé. Il a balayé le sol avec sa torche électrique, le plafond, les interstices entre les tuyaux. Rien, aucun cafard. Je lui avais demandé de me montrer ce qui n'était pas là. J'avais vu exactement ce qu'il m'avait promis : une disparition.

Nous sommes passés dans un restaurant chic dont les cuisines étaient envahies par les cafards depuis des mois. Le patron nous a accueillis avec chaleur. Il a félicité mon guide pour l'efficacité de son travail : la dernière campagne avait porté ses fruits. Il nous a fait visiter les cuisines, a ouvert les placards et le garde-manger, anciens lieux de prédilection des insectes, aujourd'hui désertés.

J'ai interrogé le président du syndicat : les produits chimiques employés n'avaient-ils pas pu, enfin, agir comme un répulsif parfait ? Il a haussé les épaules et m'a dit qu'ils veillaient à ne pas être trop efficaces. Ils n'avaient jamais voulu la disparition des cafards : c'est grâce à eux qu'ils vivaient.

L'étape suivante fut une entreprise de désinsectisation. Le carnet de rendez-vous était vide ; sur des fauteuils en faux cuir rouge, deux hommes en combinaison attendaient, alanguis, un bidon marqué d'une tête de mort entre les jambes, un pulvérisateur sur les genoux.

Il y avait suffisamment d'éléments pour justifier l'ouverture d'une enquête. J'informai le président du syndicat que je me chargeais de l'affaire.

Certes ces faits ne gênaient personne, c'était même plutôt

une bonne nouvelle, mais un bénéfice pour la population ne justifiait pas que la police ne fasse pas son travail. Surtout, j'avais besoin de me changer les idées ; ce mystère était une occupation idéale.

On ne voit les choses que parce qu'on les cherche. Cette attention portée aux cafards a orienté mon regard vers l'infime. En quelque sorte j'ai mis le monde dans lequel je vivais (le monde réel, celui de mon quotidien, de mes collègues et de mes visites au cimetière) de côté et je me suis concentré sur les insectes. Mais la mouche qui, périodiquement, se cognait contre la vitre en bourdonnant avait disparu. Nous étions au printemps et, le soir, les moustiques ne se manifestaient pas pour prendre un peu de mon sang. Je me suis rendu dans le jardin public en face du commissariat. J'ai soulevé des pierres sous lesquelles je savais que les insectes aiment à se cacher. Mais il n'y avait rien.

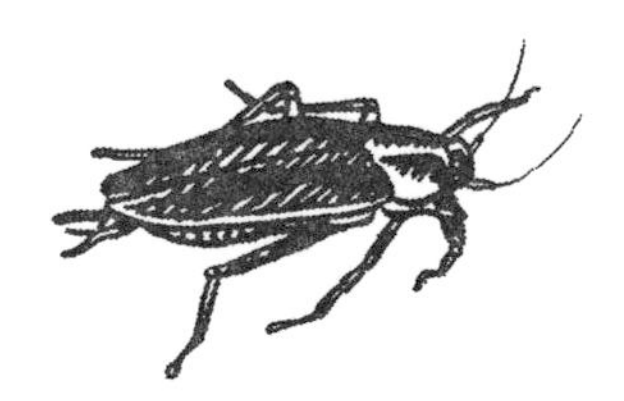

Un peu plus tard le directeur d'un supermarché que j'étais allé visiter m'a dit que les insecticides ne se vendaient plus. Les étals débordaient de bombes et de pièges. Aux quatre coins de la ville, la constatation était la même.

Je suis méthodique. Il me fallait fouiller plus loin encore. J'ai pris une pelle dans la réserve du commissariat et je suis retourné dans le jardin public. Dans un morceau de pelouse abrité par les arbres, j'ai creusé un trou d'environ un mètre cube. Il n'y avait pas de vers de terre dans ce sol humide. Alors j'ai creusé plus profondément et sur une plus grande surface. J'étais en sueur, j'ai enlevé ma veste et mon pull, remonté les manches de ma chemise. Mes mains étaient rouges, j'allais avoir des ampoules. J'ai cessé mon labeur au bout d'une heure. Il n'y avait rien, pas de vers, pas de larves, pas d'insectes. J'avais de la terre sur mon pantalon, sur le visage et les bras. Mes chaussures auraient besoin d'un bon coup de brosse et de cirage.

Focalisés sur leurs chers cafards, les exterminateurs n'avaient pas remarqué que c'étaient tous les insectes qui s'étaient évaporés, peut-être même tous les invertébrés. J'étais satisfait de l'avancée de mon enquête même si je ne voyais pas quelle conclusion en tirer.

Pour mon supérieur, c'était comme si je lui avais annoncé la disparition du virus de la malaria et que je m'en inquiétais. C'était une bénédiction. Il m'ordonna de ne pas chercher plus loin. Il y avait suffisamment à faire avec les crimes et délits. Sans doute. Mais cette disparition devait être élucidée. C'était le signe possible d'un problème sanitaire, d'une épidémie, que sais-je. Cela pouvait provoquer un déséquilibre dans l'écosystème. On ne peut pas laisser un mystère irrésolu. Quand cela arrivait, j'avais l'impression d'abandonner un enfant à son sort.

Je suis retourné à mon petit bureau (je pouvais presque en toucher les murs opposés en écartant les bras). Mes enquêtes en cours ne m'intéressaient pas, elles étaient trop réelles, trop susceptibles d'être bouclées et, j'en étais sûr, expliquées par des raisons prosaïques. J'ai remisé les dossiers dans le tiroir de mon bureau. Quoi qu'en dise mon chef, j'allais poursuivre mon investigation. C'était quelque chose de nouveau et d'incompréhensible, et cela m'excitait. Cette étrange volatilisation m'obnubilait et ce n'était pas désagréable.

Mon esprit a dérivé pendant un moment. La rêverie est en général un bon préalable au travail. J'ai songé au corps de V* dans son cercueil. La terre et l'humidité, en quatre ans, n'avaient pas encore pourri le bois du cercueil et les insectes, dorénavant, ne dévoreraient jamais son corps. J'ai bizarrement trouvé un réconfort dans cette idée. Son corps se momifierait, il ne serait pas dépecé par les acides et les mandibules des insectes. Cette pensée morbide m'a mis mal à l'aise. Comme si je désirais conserver V* près de moi, que je souhaitais l'empêcher de rejoindre le monde des morts, alors même qu'elle ne faisait plus partie de celui des vivants. Je l'enfermais dans des limbes où je ne pouvais ni l'embrasser ni l'accueillir dans ma mémoire.

J'ai continué mes recherches. Naturellement j'ai pris rendez-vous avec un entomologiste. Un spécialiste pourrait m'apporter des éclaircissements.

La bibliothèque d'entomologie était une pièce haute et sombre, au parfum de livres anciens fermentés. Accrochés aux murs, des insectes étaient épinglés dans des boîtes sous verre ; étranges gouaches sombres et bariolées, formes géométriques fascinantes et inquiétantes. Les seuls insectes qui restaient. L'entomologiste était un homme jeune, habillé d'un jean et d'un vieux T-shirt de superhéros. Poli, disponible et sympathique sont les adjectifs qui me vinrent à l'esprit. Nous avions le même âge. Il avait mené son enquête bien avant que je ne commence la mienne. En particulier, il avait rendu visite à la poignée d'apiculteurs de la ville, aujourd'hui au chômage. Il m'a confirmé la disparition des insectes. Est-ce que cela l'inquiétait ? Non, au contraire : il était enthousiaste. Il trouvait cela extraordinaire.

Je ne comprenais pas.

Je lui ai cité la phrase d'Einstein : « Si les abeilles

disparaissent, les hommes n'auront plus que quatre années à vivre. » Il m'a répliqué qu'Einstein n'avait jamais dit une chose pareille et que c'était une assertion discutable.

Est-ce qu'il croyait que les insectes avaient succombé à une épidémie ? Non, a-t-il répondu, car alors il y aurait des corps. Les insectes ne sont pas comme les chats qui s'isolent pour mourir, ils n'ont pas cette discrétion, ils meurent là où ils sont. Il fallait se rendre à l'évidence, a-t-il dit : les insectes avaient fui. L'image d'une marée noire grouillante quittant la ville s'est formée dans mon esprit. J'ai frissonné. Leur disparition m'obligeait à envisager leur immense et invisible présence comme l'inconscient camouflé sous la terre de la conscience. L'entomologiste a ajouté : « Ils ont disparu seulement ici. Dès qu'on franchit le périphérique, on les retrouve. C'est un épiphénomène, anecdotique à l'échelle mondiale. » Mais, ai-je dit, n'était-ce pas justement parce qu'il s'agissait d'un épiphénomène que ce n'était pas anecdotique ? Il a souri et acquiescé. Dans certaines villes de banlieue, a-t-il dit, on avait noté un afflux d'insectes, mais rapidement ils s'étaient dispersés dans les sous-sols et les canalisations. Ils étaient doués pour ne pas se faire remarquer. Quant aux raisons de leur fuite, il étudiait la question.

Le lendemain, en lisant le journal, je suis tombé sur un article parlant d'une invasion de rats et de souris en banlieue. J'ai tout de suite deviné qu'ils suivaient le chemin des insectes. Personne ne s'en est alarmé. Seuls les dératiseurs et les spécialistes des rongeurs s'en sont émus. On ne les a pas écoutés. On a estimé que la vermine fuyait la dangerosité de nouveaux produits d'extermination ; que l'hygiène avait atteint un tel niveau que les rats n'avaient plus rien à manger et avaient migré vers des contrées insalubres. On s'en est félicité sans y accorder de réelle importance.

Mon nom circulait comme celui d'un policier qui prenait au sérieux cette fuite animale. Les exterminateurs et les dératiseurs s'adressaient à moi. Sur mon bureau et par terre s'entassaient de nouveaux rapports concernant le phénomène ;

mon petit local devenait impraticable. Je me rendais dans les caves, je recevais des lettres. Je prenais acte. J'étais bien le seul.

Jusqu'au moment où les ornithologues se manifestèrent.

Je n'avais jamais soupçonné leur nombre. Ils ont été des dizaines à faire entendre leur stupeur devant la disparition de certaines espèces, dont je n'avais jamais soupçonné l'existence pour la plupart (linotte, fauvette grisette, rousserolle verderolle). D'abord ils en ont parlé sur leurs sites Internet. Des sites qui, de jour en jour, faisaient état de la population de chaque espèce, des évolutions, des arrivées, des départs. Les ornithologues étaient des aiguilleurs du ciel. Ils savaient tout des oiseaux. Ils notaient, heure par heure, dans toute la ville, leurs déplacements. Ils ont entrepris de prévenir la presse et les autorités. On leur a accordé une attention polie. De braves écologistes qui s'inquiètent de la disparition de tel faucon, de telle tourterelle, cela fait sourire. Après avoir lu quelques petits articles condescendants sur le sujet, j'ai pris contact avec l'un des ornithologues mentionnés. Il m'a montré ses graphiques : les oiseaux partaient peu à peu, espèce après espèce, des plus rares aux plus communes.

Un dimanche de la fin du mois de mai, les moineaux se sont rassemblés sur les lignes électriques et les arbres ; puis ils sont partis en groupes homogènes, nuées noires et silencieuses, comme un voile sombre et vivant. Mais c'était le spectacle de milliers de pigeons fuyant la ville qui impressionnait le plus. Ils volaient mal, peu habitués aux longs trajets, ils devaient soulever leur corps lourd de leurs ailes peu entraînées. Ils chutaient, se cognaient. Ces nuages maladroits avaient quelque chose de macabre. Ils furent les derniers oiseaux à nous quitter.

La population et les médias ont enfin considéré le problème sérieusement. Des experts ont été convoqués. On parla d'une grippe aviaire, même si on était incapable de produire des cadavres d'oiseaux. On se rassura avec des explications nébuleuses (pollution, réchauffement climatique, mutations). Quant aux spécialistes qui ne savaient pas et s'étonnaient, bien sûr on ne les interrogea pas. On n'évoqua pas la disparition des insectes et des rats. On ne fit pas le rapprochement.

Le phénomène prenait de l'ampleur. De plus en plus d'espèces étaient touchées et je ne voyais pas pourquoi cela devrait s'arrêter. En vérité, je souhaitais que cela empire. Pour que les gens prennent conscience de ce qui se passait, pour que ces disparitions successives ne soient pas perpétuellement ignorées. Et pour qu'un sens se dessine.

Il n'a pas fallu attendre longtemps.

La panique a saisi la population quand les chiens et les chats se sont enfuis quelques jours plus tard. Les chiens n'obéissaient plus à leur maître. Des files canines et félines quittaient la ville. Leur surnombre dans les villes de banlieue obligeait les services de la fourrière à capturer et euthanasier les animaux redevenus errants. D'immenses fosses communes ont été creusées dans des terrains cachés par des palissades. Les animaux enfermés dans les appartements faisaient preuve d'une impressionnante détermination pour s'échapper : vitres cassées, portes enfoncées. Ceux qui restaient prisonniers se déchaînaient contre le mobilier, mais aussi contre leur maître et sa famille. On les a laissé partir. Le zoo était agité nuit et jour par les hurlements des animaux. Certains réussissaient à fuir, d'autres se laissaient mourir de faim, d'autres encore devenaient violents et s'entretuaient. Les rats et les souris de laboratoire les ont imités. Au bout de trois jours de folie, il n'y a plus eu aucun animal en ville, ni mammifères, ni ovipares. Nous avions assisté, impuissants et hébétés, à une fuite gigantesque. Une hémorragie. Un exode.

Les autorités ne sont pas restées inactives. On procéda à quantité d'analyses. Toutes confirmaient que l'air, l'eau et le sol ne présentaient pas de danger. On affirma qu'il n'y avait objectivement rien d'alarmant. Mais personne ne l'a vraiment cru.

La ville avait changé. Désormais elle paraissait immense et fragile, comme construite en coquille d'œuf. Les voitures, les bus continuaient à faire leur vacarme ordinaire, mais quelque chose manquait à la qualité du boucan. Il sonnait faux. Quelque chose n'allait pas dans ce bruit du quotidien. La nuit était pire encore. Comme si le silence même était abîmé. Ces animaux que nous avions toujours considérés comme des nuisances (au pire) ou des accessoires (au mieux) avaient révélé leur importance en disparaissant. Nous nous retrouvions seuls pour affronter les immeubles et les rues. Nous étions en minorité face à l'inanimé. Les arbres devenaient effrayants. Le moindre bruissement de feuilles faisait sursauter les passants. Les immeubles grinçaient. Nous comprenions simplement maintenant l'antique lien qui nous reliait aux animaux. La dépression s'est abattue sur nous, une humeur noire a envahi les esprits.

Je n'avais plus d'amis depuis longtemps et mes collègues avaient vite compris qu'il ne servait à rien de me proposer de les accompagner boire un verre. De nouveau il y a eu des tentatives de rapprochement, après tout quelque chose d'insensé était arrivé. Mais je ne voyais pas à quoi cela nous avancerait de confronter nos ignorances. Je me suis rendu sur la tombe de V*. C'était l'unique lieu intangible. Je suis resté longtemps, des heures entières, face à elle, assis sur le rebord, comme si c'était une occupation normale, comme si c'était un endroit où l'on pouvait s'attarder.

Je suis retourné voir l'entomologiste. Son secrétaire m'a reçu et annoncé qu'il avait démissionné. Il m'a donné son adresse personnelle. Quand je suis arrivé il faisait ses bagages. Je lui ai demandé pourquoi il partait. Il m'a répondu qu'il était lui aussi un animal et qu'il suivait le mouvement. Puis, très sérieux, il a ajouté : « Je suis inquiet. » Par expérience il savait que les animaux n'agissent pas sans raison. Ils ont un sixième sens. Et leur fuite est le signe d'un danger imminent.

Quel danger ?

Nous ne tarderions pas à le savoir, m'a-t-il dit. Il a ouvert son ordinateur portable et m'a montré un reportage sur la proche banlieue. Des corbeaux étaient perchés sur les arbres, les lignes électriques et les poteaux, ils regardaient la ville comme des spectateurs au cirque attendent une attraction. Je me suis senti oppressé, mon cœur s'est emballé. Un taxi est arrivé. Le chauffeur a rangé les valises dans le coffre et l'entomologiste m'a serré la main en me souhaitant bonne chance.

Nombreux furent les habitants qui partageaient la même conclusion que l'entomologiste. Quelque chose de gigantesque et de monstrueux se profilait. Mais bien peu sont partis. C'était compliqué, toute leur vie était là. Et sans un signe aigu de danger, ils n'avaient pas la motivation nécessaire. On se contenta de boucler un sac au cas où il faudrait fuir précipitamment.

C'était incompréhensible : si tous les animaux avaient senti un péril, pourquoi nous, les animaux humains, n'avions-nous rien deviné ? Il nous semblait avoir perdu quelque chose, une capacité. Nous étions incomplets. Tous, je crois, nous éprouvions la fragilité et la maladresse de notre espèce. Son isolement aussi.

Nous avons attendu, scrutant le ciel des nuits entières, guettant la chute d'une météorite. Chaque pluie nous a persuadés d'un déluge qui ne venait pas ; chaque tremblement nous a fait craindre un séisme. Nous étions collectivement devenus paranoïaques. Le plus petit travers nous paraissait annoncer un cataclysme.

Mais rien de grave n'est arrivé. Cela rendait encore plus incompréhensible la fuite des animaux.

Les semaines ont passé. La vie a repris son cours dans une ville nouvelle, plus froide, plus triste, plus effrayante. Les crimes et délits avaient augmenté de façon vertigineuse. Tous les effectifs de police était mobilisés en raison de l'agitation ambiante. Nous étions sur les nerfs, épuisés et inquiets. La disparition des animaux avait défait les liens des hommes entre eux comme si, sans la surveillance des autres espèces animales, nous étions susceptibles de mal nous conduire. Des milices organisées pour suppléer la police causèrent elles-mêmes des troubles. Je crois que nous avions besoin de faire du bruit, de créer du mouvement, pour compenser l'absence animale, remplir le terrifiant silence qui régnait dans nos rues et vitrifiait nos âmes. De jeunes couples déménagèrent à la campagne, non pas parce qu'ils avaient peur pour eux-mêmes, mais parce qu'ils ne concevaient pas, intuitivement, de fonder une famille ici.

La ville avait hérité d'une prédiction d'autant plus terrible qu'elle ne se réalisait pas. Nous vivions une époque dénuée de sens, et c'était intolérable. La véritable catastrophe était là, devant nous, tous les jours : l'attente de la catastrophe nous empêchait de vivre. Cela mettait tout le monde dans un état d'excitation maladive. Les agressions étaient toujours plus nombreuses, les suicides aussi. Le code de la route était de moins en moins respecté. Les lois semblaient un vestige d'un autre temps. La corruption gangrenait notre ville. L'absence des animaux nous conduisait à l'anarchie. Les gens se comportaient, de manière caricaturale, comme des bêtes. Ils n'écoutaient que leurs désirs. Comme s'ils devenaient des chats, des oiseaux, des rats, des fourmis, pour remplacer les espèces disparues. Je les voyais en reproduire les gestes et conduites.

J'étais habitué au désespoir, aussi ma vie n'a-t-elle pas radicalement changé. Je n'ai pas mis mon mal-être sur le compte des « événements ». Ironiquement c'étaient les plus névrosés, les plus malheureux et les plus fous d'entre nous qui s'en sortaient le mieux. C'étaient ceux qui vivaient déjà sous le règne de la tragédie et de l'angoisse qui résistaient. Il y avait comme un soulagement à voir se matérialiser nos noires mélancolies. Un plaisir peut-être aussi.

Finalement la généralisation de l'angoisse a été ce qui m'a permis de prendre de la distance avec la mienne. Cet environnement a eu un effet révélateur. Je voyais s'animer sous mes yeux ce qu'il y avait à l'intérieur de moi depuis des années. C'était effrayant. J'en venais à souhaiter que la catastrophe arrive vite et nous emporte tous. Je savais que si les animaux nous avaient abandonnés, c'était que nous étions devenus infréquentables. Ce danger qu'ils fuyaient, et que nous redoutions, c'était nous-mêmes.

J'ai décidé de partir de cette ville qui me ressemblait trop. Mais je ne ferais pas le voyage tout seul. J'ai fait exhumer le cercueil de V*. Le permis n'a pas été difficile à obtenir, tout s'achetait désormais. Je ne voulais pas laisser son corps à l'abandon, comme figé dans cette ville stérile. Je ne voulais pas qu'elle finisse comme ces insectes punaisés dans la bibliothèque d'entomologie. Elle méritait un cimetière vivant, un cimetière où elle pourrait retourner à la terre. Si j'avais la force de fuir, c'était pour elle. Partir ensemble, c'était l'unique moyen de la laisser enfin me quitter.

Le monde est une tentative de meurtre

Albert n'aurait pu dire avec certitude ce qu'il avait mangé lors de son dernier repas ou ce qu'il avait fait l'heure précédente. Au chômage depuis six mois, sans horaires ni occupation, il n'avait plus une conscience très claire du temps. Ces six mois n'étaient pas constitués de cent quatre-vingts jours, mais d'une seule et même vertigineuse journée. Comme il n'avait pour unique compagnie que son frigo, la productivité alimentaire d'Albert était devenue stupéfiante. S'il était au chômage, en revanche son estomac et ses intestins n'avaient jamais connu une telle activité (digestion continue, brûlures d'estomac et ballonnements). Il avait grossi. Il se transformait en un homme qu'il ne connaissait pas : toujours en pyjama, pas rasé, lent et hagard. La douche était désormais une option. Son corps et ses pensées changeaient, il se sentait bizarre, comme si une nouvelle adolescence lui était tombée dessus. En perdant son boulot, il avait perdu sa majorité. Il n'était plus un citoyen à part entière, il le voyait dans les yeux de la boulangère et dans les manières des amis qu'il croisait encore parfois. Son licenciement avait causé des dégâts collatéraux. Il retrouvait l'ennui et la tristesse molle de ses années lycée. Cette équivalence entre le chômage et l'adolescence lui paraissait d'autant plus évidente qu'il n'avait plus de relations sexuelles. Il s'attendait à avoir de nouveau de l'acné.

Cet homme dont il apercevait le visage dans le miroir de la salle de bains l'expulsait de sa propre vie. Il s'attribuait son quotidien pour en faire de la bouillie. S'il tardait encore à réagir, il ne pourrait plus revenir en arrière. Il serait effacé. La terreur de sa propre disparition dans les plis gras d'un corps qui n'était plus le sien lui donna la ressource nécessaire pour remonter la pente. Et puis, c'était une question de survie : il s'essoufflait quand il montait les escaliers, sa poitrine lui faisait mal au moindre effort, signes qu'il se dirigeait à grands pas vers des problèmes cardiaques. La société se débarrassait du poids mort qu'il était devenu. Le chômage n'avait été qu'une étape préliminaire à son effacement de la surface de la Terre. Mais il allait se battre. Il s'imagina lançant des harpons et des hameçons pour faire revenir à lui la vie qui lui échappait.

Lundi matin (il semblait à Albert que ce jour était symboliquement parfait pour commencer sa nouvelle existence), il se rasa et se doucha, il brossa ses dents et utilisa du fil dentaire avec une application et une vigueur propres à gommer des mois de laisser-aller. Il sortit son costume de sa housse, mais il ne lui allait plus du tout, il avait trop grossi. Il s'habilla d'une vieille veste jadis trop large et d'un pantalon de velours. Pour reprendre pied, il devait vaincre la gangue qui s'était formée autour de lui. Il allait perdre ces kilos superflus. Mais mener une vie saine, pour un chômeur, est un exercice de tous les instants, une vraie épreuve physique. Nul besoin de salle de sport, de cours de gym : vivre est en soi une discipline olympique.

Le principal ennemi était le frigo, sournoise couveuse pour l'hypertension, le diabète et le cholestérol. Yaourts trop sucrés, plats préparés trop gras et trop salés, produits achetés sous la pression de la publicité. Des saveurs rassurantes qui à la fois replongent en enfance et poussent vers la mort. Ces aliments parasites étaient à la fois des symptômes de sa vie déréglée et des petits êtres maléfiques envoyés par le capitalisme pour le détruire par leurs séductions et leurs satisfactions immédiates. Albert prit un grand sac-poubelle. Il y jeta yaourts chimiques, saucisses, fromages (et leurs moisissures), boissons gazeuses. Ne restèrent que les fruits et les légumes. Cela lui suffisait. Son frigo décolonisé constituait le premier pas vers la liberté retrouvée. Le moment était important. C'était le début d'une nouvelle ère.

Albert voulait garder des traces de ces victoires qu'il pourrait montrer à ses futurs enfants. Il y voyait aussi un bon prétexte pour reprendre contact avec ses amis qui s'étaient éloignés depuis six mois (ou bien était-ce lui qui s'était éloigné, il ne savait pas très bien). Il enleva son appareil photo Polaroid du bonnet en grosse laine dans lequel il le rangeait pour le protéger, le posa sur une étagère et appuya sur le retardateur. Il s'empressa de se mettre devant l'objectif, un pied sur le sac-poubelle rempli des aliments ennemis. Il s'imaginait ressembler à un chasseur de fauves, fier de sa fabuleuse proie. Le flash se déclencha, la photo sortie de l'avant de l'appareil. Albert l'agita un instant et la regarda : il avait l'air de quelqu'un, ses yeux brillaient et il souriait. Il la déposa sur la bibliothèque.

Reprendre le contrôle de son corps lui permit de se sentir plus léger. À défaut d'avoir un emploi, il se mettait au travail de sa propre vie. Quelques jours passèrent pendant lesquels Albert se consacra à sa remise en condition physique : exercices de gymnastique et repas équilibrés. Il ne souffrait plus de ballonnement ni de brûlures d'estomac. Son corps avait cessé d'être le théâtre des opérations de la nourriture industrielle. Il était en paix. La graisse commençait à se résorber.

Mais la guerre qu'on faisait à Albert ne se limitait pas à l'alimentation, tous les moyens étaient bons. Il décida de ne plus quitter son appartement tant qu'il n'en aurait pas fini avec ce qui s'y tramait. Dès qu'il posait les yeux quelque part, il voyait un piège que lui tendait le monde. Il pensa : « On construit des logements pour offrir nos corps à la guerre industrielle. On nous livre pieds et poings liés. La mort est continuellement introduite dans notre vie. Pas besoin de sortir : le dehors est dedans et le dedans n'est nulle part. L'industrie chimique et alimentaire s'est établie entre nos murs, les combats et les expéditions coloniales ont été délocalisés sous nos toits. »

Albert était prêt pour l'affrontement. L'appartement ne manquait pas de champs de bataille. Par exemple, des fils dénudés surgissaient des murs : promesse d'électrocution et d'incendie. Albert arracha les plinthes et les fils. Le combat dura une journée entière, dans le bruit et la poussière de plâtre. Il fut blessé au doigt.

Enfin, alors que le soleil se couchait, Albert sortit vainqueur. Il se prit en photo parmi les fils multicolores éparpillés dans le salon. On l'aurait dit au milieu de boyaux d'animaux. Grâce à un tutoriel trouvé sur Internet, il consacra les deux semaines suivantes à refaire l'installation électrique. Puis il reprit le combat.

Beaucoup d'accidents domestiques ont lieu dans la salle de bains. La proximité de l'électricité et de l'eau, les surfaces glissantes, les lames de rasoir, le chauffe-eau gonflé d'eau bouillante sont autant d'homicides en attente de réalisation.

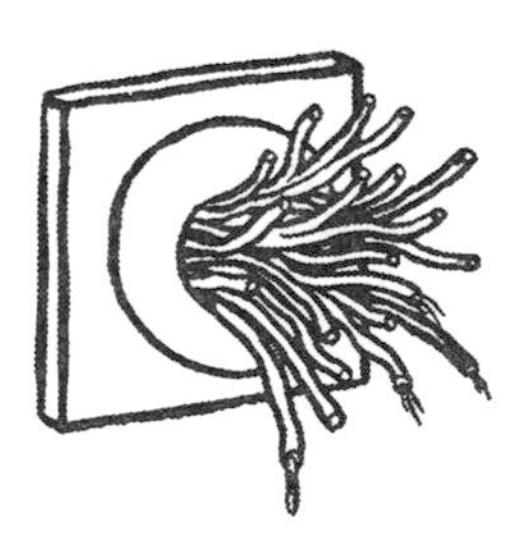

Des études indiquent ainsi que les possesseurs de baignoire ont une plus faible espérance de vie que ceux qui se contentent d'une douche. La forme et la matière prédisposent aux chutes : tout a été pensé pour causer le maximum de dégâts. Preuve supplémentaire d'un penchant certain pour l'autodestruction, Albert avait une baignoire. Quand il se lavait, ses pieds étaient toujours sur le point de glisser. Il prenait des précautions infinies pour assurer le moindre de ses gestes. Plusieurs fois il avait failli chuter, plusieurs fois il avait vu défiler sa vie devant ses yeux. Mais ce temps était révolu. Il avait compris ce qui se tramait, il avait compris le meurtre silencieux qui se préparait. Alors, avec une masse, Albert cassa la faïence blanche. Il aima la musique de la baignoire qui se brisait, c'était celle de la mort repoussée, de la mort fuyante et défaite. Sacrifiant à son nouveau rituel, il prit une photo de lui-même, triomphant parmi les débris, masse en main. Le squelette concave et cassé se retrouva dans des sacs-poubelle. À la place de la baignoire, une simple cuvette en plastique fit office de bac à douche.

Au bout d'une semaine l'appartement était nettoyé. Albert avait jeté couteaux et lames de rasoir, collé du scotch sur les vitres (pour que des morceaux acérés ne le blessent pas en cas de bris), banni les tissus inflammables et les produits cancérigènes, étudié tous les objets pour déterminer leur dangerosité. Son œil était exercé. Il s'était même débarrassé des livres dont les pages étaient trop tranchantes. Et chaque fois il prenait une photo. Depuis qu'il avait décidé de se défendre, Albert ne s'ennuyait plus. C'était un véritable travail que de survivre. Cela lui prenait tout son temps.

L'appartement entièrement sécurisé, il ne pouvait plus rien arriver à Albert. Pour parachever son œuvre, il posa une bande de moquette sur les marches de l'escalier de l'immeuble. Le conseil syndical s'y opposa dans un premier temps, mais Albert put compter sur le soutien de ses voisins les plus âgés. L'arête des marches était dangereuse, la moquette permettrait d'amortir le choc en cas de chute. Une fois le travail accompli, Albert demanda à un de ses vieux voisins de le prendre en photo dans l'escalier.

Le soir, Albert se sentit maître chez lui. Il mit de la musique et se prépara à dîner. La vie était douce désormais. Le repas terminé, il s'installa dans son fauteuil pour lire. Il ne se rappelait pas avoir jamais passé une soirée aussi parfaite. C'était le bon moment pour inviter ses amis. Il leur montrerait qu'il était redevenu aimable, qu'il ne faisait pas rien et donc qu'il n'était pas rien.

Ils furent une dizaine à se déplacer, tous d'anciens collègues de travail. L'un d'eux dit à Albert :

– Tu as l'air en forme. Qu'est-ce que tu fais maintenant ?

Albert répondit qu'il se battait pour sa vie. Il y eut une certaine gêne. Apparemment son occupation, aussi vitale soit-elle, mettait ses amis mal à l'aise. Six d'entre eux partirent après avoir vu les photos de ses combats. Malgré tout la soirée se passa bien. Albert n'avait pas lésiné sur le cidre et les graines de tournesol. Il goûtait de nouveau au plaisir du partage et de l'échange. La fonction qu'il s'était donnée le replaçait dans un rapport d'égalité avec ses amis. L'un d'eux lui demanda s'il pouvait photographier une de ses photos, Albert répondit qu'il lui offrait volontiers l'original. Son ami fut enchanté et proposa alors de le lui acheter. Dans un premier temps, Albert refusa. Puis, comme il avait besoin d'argent (son allocation chômage ne durerait pas éternellement), il accepta.

Albert menait à présent une existence différente de celle qui avait suivi son licenciement, il était revenu dans la vie. Il y avait de quoi être satisfait. Mais il ne pouvait pas s'arrêter là. Il n'avait rien à faire et ne rien faire, cela signifierait retourner à son ancien état dépressif et cholestéroleux. Il s'était découvert un travail : lutter. Et il n'allait pas l'abandonner. Maintenant c'était le monde qu'il fallait combattre.

Ce matin-là Albert mit un soin particulier à se préparer : il voulait être impeccable. Les victimes du monde ne sont pas impeccables, c'est d'ailleurs pour ça que le monde, ce fauve, les renifle et les reconnaît. Elles sont mal habillées, ne se préoccupent pas de leur apparence. Albert se devait donc d'être apprêté. Il se coiffa, se parfuma et cira ses chaussures. Il transvasa sa boîte à outils dans son attaché-case. Puis il sortit et, sur ses gardes, le pas prudent, il arpenta son quartier. La ville s'étendait devant lui, cascades de béton et de métal, armées assoiffées de haine, équipées en armes de diverses sortes. Les dangers étaient permanents et tous létaux : le trottoir, les voitures, les vélos, les chiens, les poussettes, les arbres en travers des allées, les chaises aux terrasses des cafés. Autant de pièges. « Le monde est une tentative de meurtre », pensa Albert. Marcher dans la rue revenait à s'offrir en sacrifice. Il était temps de se défendre.

Comme la ville avait cette qualité de regorger de dangers et d'homicides en préparation, Albert ne se retrouverait jamais au chômage. Son combat ne serait jamais terminé. Alors qu'il traversait un parking, il s'arrêta devant une grande voiture noire, monstre marin sorti des eaux, à la peau blindée, aux larges yeux vitreux et froids. « Cette créature est une arme, se dit-il, elle dégueule une fumée toxique, elle écrase tout ce qui se trouve sur son passage. Elle est faite pour broyer les corps et empoisonner l'atmosphère. Elle a été intentionnellement construite dans ce but délétère. » Ils se battirent au ralenti. Albert prit une clé à molette et démonta les pneus. À l'aide de ses outils, il mit le monstre en pièces. De l'huile et de l'essence coulèrent, la peinture s'écailla sur le sol, les plaques de métal furent dessoudées. Quatre heures furent nécessaires pour rendre le monstre inoffensif. C'était la victoire la plus importante d'Albert. La voiture démontée prenait une place considérable sur le parking. Il demanda à un passant de le photographier devant la dépouille.

Tandis qu'il posait triomphalement un pied sur le moteur, un policier arriva. Albert se doutait qu'un agent finirait par l'arrêter. C'était inévitable. Le meurtre était une institution protégée. Le policier lui demanda pourquoi il avait détruit cette voiture. Albert répondit qu'il l'avait affrontée et remporté la victoire loyalement. Cela ne convainquit pas le policier. Il lui passa les menottes et l'emmena au poste. Le procès ne dura que quelques minutes, le juge ne perdit pas de temps avec cette affaire. C'était la première infraction d'Albert, aussi n'écopa-t-il que d'une peine de six semaines d'emprisonnement. Ce fut un cauchemar : en prison Albert ne pouvait plus combattre.

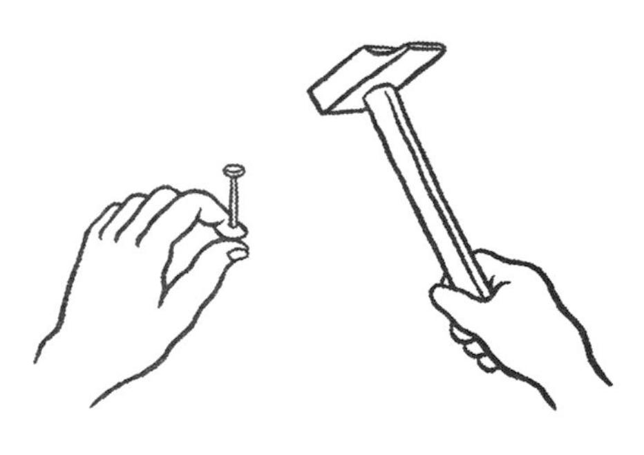

S'il se mettait en tête d'affronter le système électrique, s'il tentait quoi que ce soit en matière de légitime défense contre l'environnement, un gardien intervenait et le mettait à l'isolement. Il retomba en dépression et la mauvaise nourriture pénitentiaire le refit grossir. Au terme des six semaines, un de ses amis l'attendait à la sortie. C'était celui qui lui avait acheté une photo. Les autres n'avaient plus répondu à ses messages dès qu'ils avaient appris son incarcération. Albert était certain que c'était la nature de son métier qui les avait fait fuir. Ils préféraient continuer à fermer les yeux sur le massacre général. Albert et son ami s'installèrent à une terrasse de café. Albert était découragé. Il montra la graisse sur son ventre et soupira. Il devait tout reprendre à zéro. Le garçon leur servit un jus de fruits. Son ami l'encouragea et il n'en fallut pas plus à Albert pour retrouver le sourire. Quelqu'un croyait en lui. Mais comment continuer à se battre alors que la police gâchait tout en s'interposant? Albert ne supporterait pas de retourner à son ancien état d'inactivité. Arrêter de combattre, c'était être de nouveau rien. Son ami était d'accord. Il lui dit que la seule solution était d'affronter le monde sans en avoir l'air. « On ne s'y attaque pas de la même façon qu'avec un frigo. Il faut être rusé et créer un spectacle. Mais avant tout pour continuer le combat, tu as besoin de soutien. » Albert ne voyait pas comment : personne ne le prenait au sérieux. Son ami le rassura : il avait montré la photo d'une de ses batailles à des collectionneurs et ceux-ci avaient été enthousiasmés, ils étaient curieux d'en voir d'autres. Il lui proposa d'organiser une exposition. « Comme si j'étais un artiste ? » demanda Albert. « Tu crois qu'ils vont avaler ça ? – Je crois que tu as du talent et que ça leur sautera aux yeux », dit son ami. Une exposition fut organisée dans une galerie de bonne réputation. Albert supervisa l'encadrement de ses tirages (il y en avait des dizaines) et, avec l'aide de son ami et du galeriste, il choisit leur emplacement. De petites lumières mettaient en valeur chaque cliché. On imprima un catalogue. Le vernissage fut un succès. Il y eut beaucoup de monde, beaucoup de champagne et de petits-fours aussi. On félicita Albert pour ses photos : lui parmi les fils électriques, devant un mixer dont il avait arraché la lame, entourant des verres de ruban adhésif, accrochant des extincteurs à chaque mur de son appartement, posant un filet de sécurité sous ses fenêtres. À l'unanimité les gens pensaient qu'il était un artiste. Bien sûr Albert, lui, savait qu'en réalité il affrontait le monde. « Laissons-les croire, pensa-t-il, c'est leur problème après tout. » Au moins ils ne le rejetaient pas. Ils n'avaient pas peur de lui, ils ne trouvaient pas son occupation folle. Si une seule personne sur vingt, dans cette pièce, devenait son ami, alors il serait satisfait. Même une personne sur cinquante.

C'est ainsi qu'Albert reprit sa lutte contre les machines meurtrières du monde, il continua à affronter les pièges et les guets-apens que l'on tendait à l'espèce humaine. Mais dorénavant il travaillait dans un atelier où on lui apportait ses ennemis. C'était comme une arène. Aucun policier ne pouvait y pénétrer. Il était libre et entièrement dévoué à son combat.

Remerciements Martin Page

Merci à Jean-Baptiste Joly, à Silke Flüger, à toute l'équipe de l'Akademie Schloss Solitude (Julia, Viola, Angela, Marieanne, Klaus, Horst, Inge, Ernst, Anita, Charlotte) pour leur accueil et leur gentillesse. Ce fut une très belle année ; grâce aussi à la compagnie des autres fellows : Liliana Corobca, Lan Tuazon, Ivan Civic, Jia Lyng Tang, Mauro Lanza, Konstantin Lom, Hamed M. Taheri, Matilde Cassani, Alisa Margolis, Nadine Jäger, Marcel Wehn, Hiroko Tanahashi, Kristina Estell, Mikolaj Lozinski, Ritta Baddoura, Demian Bern, Franziska Gerstenberg, Matthew Gottschalk, Roselyne Titaud, Ines Birkhan, Zsuzsanna Szentirmai-Joly, Eva Franch Gilabert, Petrina Hicks, Achille Brice, Fabian Dominik Goppelsroder, Jasmeen Patheja, Frieder Nake, Ole W. Fisher, Ole Aselmann, George Dan Coman, Sean Dack, Teodor Duna, Juha Huuskonen, Ghukas Khachikyan, Krisztina Tóth, Tobias Bodio… Je dois d'avoir vécu cette expérience à deux écrivains : Marie Nimier qui m'a parlé de cette résidence pour artistes à un moment où tout était sombre et Mircea Cartarescu qui m'a permis d'y accéder.

Une pensée pour Peter Luik. Ruhe in Frieden, Peter.

Merci à Patricia Duez, impeccable relectrice, à Diane Meur pour la réponse à ma question.

Alix Penent d'Izarn et Maëva Duclos, son assistante, ont, avec talent, accompagné et préparé la naissance de ce livre. Merci à Virginie Petracco, Camille Paulian et Pierre Hild des éditions de l'Olivier. Merci aussi aux stagiaires, d'ici et d'ailleurs, les invisibles actifs de l'édition.

J'ai commencé à écrire alors que j'habitais une petite ville de la banlieue sud de Paris, c'était un temps difficile. Il faut sans cesse lutter contre le froid. Pour cette raison les passeurs sont importants. Gérard Oberlé a été, pour moi, le premier d'entre eux. Je pense aussi à la revue Décapage, un des lieux importants où la littérature contemporaine se retrouve et s'écrit.

Merci à Jakuta Alikavazovic, à Stéphane Heuet et à Jean-Claude Pirotte.

Enfin, à un moment où certains tentent de transformer internet en bouc émissaire, il faut dire que des liens se tissent aussi sur nos sites et sur nos blogs. Il y a là, si on le désire, un espace de liberté et de création.

Remerciements Quentin Faucompré

Je remercie Caroline Bigret, Manuel Gautier, Bernard Kudlak, Charles Pennequin, et Olivier Texier pour leurs discussions qui ont accompagnées la réalisation des dessins de ce livre.